LE MARIAGE DU LOUP

92, avenue de France
75013 Paris - France
tanaeditions@gmail.com
01 44 16 09 00

Direction éditoriale : Olivia Recasens
Édition : Laura Belli-Riz
Couverture : Simon Bailly
Fabrication : Stéphanie Lascar-Gris
Mise en pages : Nord Compo

Dépôt légal : septembre 2025
ISBN : 979-10-301-0615-2

Franck Bessière

LE MARIAGE DU LOUP

Tana éditions | NOUVEAUX RÉCITS

Préface

J'ai lu ce livre d'une traite ! Comme une urgence ! Car les enjeux sont là : quel avenir voulons-nous ? Quels rapports souhaitons-nous établir avec les animaux non humains ?

Quand j'ai reçu ce texte, je venais à peine de rentrer d'un week-end où j'avais côtoyé des sirènes et des tritons lors des Rencontres du 3e poulpe à Hyères. Franck Bessière était présent lui aussi et, comme c'est devenu une habitude entre nous, nous avions parlé des mondes animaux, de leurs *Umwelten*. La lecture de son livre est arrivée comme un prolongement de notre discussion.

Je m'attendais à y trouver des pieuvres. Certes, elles sont présentes, mais j'y ai surtout rencontré des loups.

L'histoire que Franck a choisi de raconter se déroule dans un temps futur, mais pas si lointain. Un temps où les animaux non humains n'ont pas d'autre choix que de se révolter pour exister. Un temps où des humains se reconnaissent dans des altérités non humaines et ont décidé de vivre *à la manière* de ceux qu'ils considèrent comme des congénères. Franck ne nous fait pas simplement voyager entre animalité et humanité, il crée un passage (une *transition*) entre les deux : une sorte de troisième voie qui prend corps dans le personnage de Simon. Simon et ses ami·e·s transpécistes sont des passeurs, des médiateurs – des diplomates, comme le dirait le philosophe Baptiste Morizot. Les philosophes et éthologues phénoménologues ont l'habitude de dire que le corps est notre véhicule au monde. Grâce à nos expériences sensibles, nous donnons sens à ce monde. Simon est notre guide dans cet *entre-deux*.

Franck nous raconte des histoires de basculements, des métamorphoses salvatrices et rédemptrices – souvent douloureuses, solitaires et incertaines. Dans ce livre, il est aussi question de doutes et de craintes, à l'instar de ceux qui habitent Simon. En effet, l'inconnu peut faire peur ou douter et faire basculer dans un déchaînement brutal. Cependant, dans un futur qui se dessine violent, Franck choisit de parler de rencontres, d'amour et de transition. Cet ouvrage est une ode à la différence et à la solidarité interspécifique. Cette solidarité, dont je parlais dans mon livre *Que pensent les dindes de Noël ? Oser se mettre à la place de l'animal* (Tana, 2019) ! Franck a sauté le pas ! Il s'agit avant tout ici d'une expérience sensorielle inédite : nous faisons l'expérience d'être un vieux loup et d'être une louve. Grâce à Franck, nous les incarnons, nous adoptons leur perspective, nous vivons leur *Umwelt*.

Ce livre est un voyage immobile dans des existences animales, qui brouille les frontières anthropozoologiques. Il nous oblige à repenser nos rapports embarrassés et entravés à l'animalité. Il dresse un portrait contemporain des émotions et des intelligences animales, où la sentience animale tient une place majeure. Enfin, il nous demande de réfléchir à la place que nous accordons à la biodiversité et aux animaux liminaires. Subtilement, Franck nous fait réfléchir à la domestication, à l'apprivoisement des animaux sauvages et à leur enculturation dans nos sociétés humaines. Il dessine de nouveaux paradigmes à énoncer et de nouvelles alliances anthropozoologiques à bâtir.

L'écriture sensible et percutante de Franck nous fait cheminer entre des mondes qui deviennent poreux. On se prend à haleter avec ses loups, à hurler avec eux et à vouloir les défendre.

Le pari est gagné : on ressort transformé·e de cette lecture.

La transition a commencé !

Fabienne Delfour

Chapitre 1

Vacances

La plage, un peu venteuse ce matin, apporte une fraîcheur bienvenue en ce lundi.

Le cappuccino au lait végétal a ce fumet amer du brûlé, du trop torréfié. Simon ne le déguste même pas. Depuis l'interdiction des produits d'origine animale, tout le monde s'est mis au végétal. Lait d'avoine, de pois, d'amande. Plus une goutte de lait de vache depuis des années. Simon s'y fait. À contrecœur. Il aimait son cappuccino d'avant. Quelle époque.

Le ressac sur les galets bousculés forme une véritable partition sonore, une carte postale auditive. Encore faut-il être présent au moment pour l'entendre – et surtout, l'écouter. Le ballet des goélands équilibre le ciel, parsemant de blanc le bleu azur.

Il fait beau, ce qui est assez normal pour des vacances au bord de la Méditerranée. Simon vient ici une fois par an, hors vacances scolaires – c'est moins cher, et surtout, il échappe aux braillements des enfants libérés de leurs cahiers d'école. Il possède une petite maison héritée de sa mère ; jadis logement de vacances familial, il y a fait ses premiers pas, y a appris à nager, y a dégusté ses premières glaces.

D'ordinaire, il lit son quotidien préféré sur papier ; le bar où il se trouve présentement est le seul endroit où il peut en lire un exemplaire. Mais ce matin, il se sent usé, vidé par ce long marathon professionnel où les journées se sont succédé sans relâche. Les collègues ne l'ont pas ménagé. Après tout, ce n'est qu'un juste retour de bâton. Son assistante, entre autres, il ne l'a jamais supportée : trop sensible, trop mielleuse, trop enjouée pour une existence qui ne s'y prête pas. Elle se dit heureuse, alors qu'elle n'a pas un salaire à la hauteur de son implication, qu'elle passe des heures au bureau sans les compter.

Elle non plus n'a pas d'enfant. Un choix. Lui, il n'a jamais rencontré quelqu'un qui vaille l'engagement. Deux absences. Deux solitudes. Il y avait bien cette jolie fille que sa mère lui avait présentée – elle rêvait d'être grand-mère. Odetta, avec ses grands yeux bleus, lui évoque justement cette Méditerranée devant laquelle il se trouve aujourd'hui. Ils avaient partagé quelques déjeuners dans leurs quartiers respectifs, et même une soirée un peu arrosée, dont il se souvient. Désinhibé par l'alcool, il avait tenté de l'embrasser, s'était approché de ses lèvres encore brillantes de rouge. Mais devant son geste trop brusque, trop maladroit, elle l'avait repoussé d'un sourire gêné.

Il ne l'avait jamais rappelée. Était passé à autre chose. Ou plutôt, il était retourné à sa routine rassurante. Il ne pense plus trop à elle aujourd'hui. Il est toujours célibataire et c'est très bien comme ça. Son travail au ministère des Affaires étrangères ne laisse pas de place aux extravagances – confidentialité oblige, que raconterait-il en rentrant à la maison ? Mais pourquoi pense-t-il encore à son assistante,

Rima ? Quel prénom étrange, d'ailleurs, dont elle répète sans cesse la signification : antilopes blanches. Des créatures libres. Elle n'a pourtant rien d'une antilope, se dit-il chaque fois qu'elle évoque son identité.

Rima est en transition, comme elle dit. Peut-être que, lorsqu'il rentrera de vacances, elle aura changé de prénom. Avec elle, il faut s'attendre à tout - toujours plongée dans des lubies ésotériques. Surtout, elle aime les tendances, ces vagues sociétales qui le dérangent, qui bousculent un ordre établi auquel il tient. Il exècre ces courants révolutionnaires. Il préfère vivre dans une société qui évolue doucement, avec son passé parfois regrettable mais, au moins, maîtrisé. Alors pourquoi, face à cette étendue d'eau, pense-t-il à Rima ? Il n'y a pourtant pas d'antilope en vue, seulement quelques oiseaux marins et des passants interchangeables.

Simon a ses habitudes, alors après son café en bord de mer, il déambule vers le centre-ville. Il longe toujours les mêmes boutiques, n'achète jamais rien. Tout est trop cher. Mieux vaut épargner. Les rues, aujourd'hui, sont pleines. Sans doute ce soleil printanier pousse-t-il les gens dehors après la fraîcheur de l'hiver - encore qu'ici, celui-ci ne ressemble plus à grand-chose depuis quelques années.

Une main se pose sur son épaule. Simon déteste le contact physique, à tel point que peu de gens s'autorisent à le toucher. Et effectivement, il reconnaît Ange Barzano, un ami d'enfance. Un véritable personnage. Le genre de personne que Simon n'aurait jamais rencontré en étant adulte. Salutations et embrassades, comme si Simon était vraiment heureux de le revoir - comme s'il était heureux tout court.

Ange n'a jamais quitté la région. C'est un grand gaillard, un mélange de bûcheron et de pêcheur provençal, un accent chantant, une voix qui porte au point que toute la rue est au courant des retrouvailles, ce qui gêne Simon. Ange aime faire découvrir ses terres à travers de grandes randonnées. Il en a même fait son métier : il organise des séjours en montagne et, bien sûr, il ne peut pas ne pas en parler à Simon. Avec son ton pagnolesque, il lance une invitation qui résonne comme un défi :

– Toi qui passes tes journées collé à ton bureau, gambader sur les sentiers de mon enfance te ferait le plus grand bien ! Le parfum de la montagne, la majesté des rochers... On n'est rien, ici, encore faudrait-il le comprendre ! Je sais ce que tu vas me dire : « Pas le temps, pas mon truc, pas le physique pour ça. » Mais je sais, moi, que ça te ferait du bien. T'as mon numéro si jamais, par miracle, tu te décides.

– Je vais voir, mais...

– T'as mon numéro ! Je file retrouver ma nine ! Que le mistral te porte jusqu'à moi !

Ange n'a vraiment pas changé. Petit, déjà, les cheveux recouverts de sel, il menait une troupe de garnements toujours prêts pour l'aventure. Parfois, il réussissait même à embarquer Simon, l'enfant sage et triste de la bande. Ils passaient leurs après-midis à imaginer leurs combines du lendemain, jamais bien méchantes, tout au plus risquées pour leur jeune âge. Parfois, ils prêtaient main-forte aux pêcheurs du port Saint-Louis, rêvaient de partir au petit matin sur les pointus bariolés, de lever les filets, de découvrir les créatures des fonds marins. Simon se souvient parfaitement du jour où un pêcheur avait ramené une murène vivante : dans un dernier soubresaut, elle avait tenté de mordre Ange. Ça l'avait fait rire. Toute la troupe avait été fascinée par la réaction d'Ange.

Le mistral s'est levé. Les rues toulonnaises oscillent entre brûlant et glacial. Simon, pensif et un peu perturbé après cette rencontre, se réfugie dans une librairie aux rayons réconfortants. Sa seule dépense, ce sont les livres. Et encore, d'habitude, il va plutôt chez le bouquiniste. Mais entrer ici ne coûte rien...

Une séance de dédicace est organisée au centre du magasin. Simon s'en rapproche pour savoir qui est cette autrice si souriante qui attire tant de monde. La queue devant la table de dédicace serpente jusqu'aux livres jeunesse, à l'autre bout du magasin. Une cinquantaine de personnes patientent dans le calme. Une bonne heure d'attente pour les derniers, estime Simon.

L'autrice au sourire constant doit avoir un atout particulier pour causer la formation d'une telle foule. Son nom lui est complètement inconnu et son livre encore plus. *L'Autre Moi*. Un titre bateau, une couverture arborant le visage de cette femme. Ce livre n'aurait vraiment pas attiré l'attention de Simon sans cette affluence au cœur de la boutique. Ce n'est pas tant la curiosité qui le pousse que l'envie de comprendre ce qui suscite un tel engouement. Il se faufile et attrape un exemplaire pour voir de quoi il s'agit. La quatrième de couverture est faite d'un extrait et de quelques critiques de journalistes. Des phrases vagues, un enthousiasme calibré pour vendre. L'extrait n'en dit pas plus, et les critiques dithyrambiques sont clairement posées là pour inciter à l'achat.

La librairie fait aussi café, avec quelques tables disposées près de l'espace dédicace. Il pourra s'y faire discret, écouter ce qui se raconte.

C'est au tour d'une dame à l'allure distinguée d'arriver devant l'autrice. Elle prononce quelques mots que Simon n'est pas sûr de comprendre : « animal », « changement », « nouvelle vie », « bouleversement » et… « mésange » ? Puis la femme s'éloigne avec un sourire étrange, vacillant entre la gratitude et une émotion plus brute, presque des larmes prêtes à jaillir.

Un jeune homme prend sa place, encore un peu boutonneux, les cheveux longs et gras, l'air en colère ou retranché dans de mauvaises pensées, et s'adresse à l'autrice.

– Je me suis enfin posé les bonnes questions grâce à votre livre. Je n'ai pas encore les réponses, mais quelque chose se dessine en moi.

L'autrice lui répond avec une voix franche, délicate et presque tendre :

– N'attendez pas les réponses, elles viendront à vous comme une évidence. Mais surtout, gardez votre part d'humanité, ne vous perdez pas. Quel est votre prénom ?

– Léon…

– C'est incroyable comme les parents le savent déjà, poursuit-elle avec un sourire plein d'empathie.

– Mes parents ?

– Oui, vos parents, répond-elle en gardant son regard rivé sur le jeune homme. Ce livre, c'est pour vous ?

– Non, c'est pour Hafsa, mon amoureuse.

Le sourire de l'autrice devient encore plus pétillant, comme si elle venait de découvrir un trésor.

– Savez-vous ce que signifie Hafsa en arabe ?

– « Petite lionne », je crois, dit-il, l'air incertain.

– C'est ça, « petite lionne ». Vous avez dû vous trouver pour de bonnes raisons. Prenez soin d'elle, Léon.

La serveuse apporte à Simon le café qui lui sert d'alibi pour observer cette étrange séance de dédicace. Elle aussi est si absorbée par l'autrice qu'elle manque de renverser la tasse en la posant.

Les entrevues se succèdent, toutes différentes, toutes marquées par la même intensité. Désormais, Simon sait exactement de quoi il s'agit. Dans cet ouvrage, l'autrice raconte son changement d'identité. Elle se définit comme la majeure partie des personnes présentes ici : transespèce. Née dans un corps humain, mais avec une identité animale différente.

Simon réprime un soupir. Les questions de transidentité lui semblent déjà bien complexes, alors transespèce... Ça lui fait penser à Rima et son histoire d'antilope. Où s'arrête la réalité ? Comme si on pouvait choisir l'espèce à laquelle on appartient !

Il sent une irritation monter. Les parfums et odeurs des personnes dans la file d'attente le gênent de plus en plus. Il n'avait pas remarqué que les gens, ici, se parfumaient autant. Un mélange d'odeurs trop fortes, de compositions chimiques criardes, d'effluves qui cherchent à masquer plus qu'à plaire.

N'en pouvant plus, il décide de partir. Il attrape quand même un livre sur la table de dédicace. Après tout, ça pourra lui être utile pour son travail au ministère des Affaires étrangères. Au sein de la cellule de crise, il s'occupe de tout ce qui traite de la biodiversité ; il aurait très bien pu être ailleurs, dans le service des relations économiques par exemple, ce qui aurait été beaucoup plus en rapport avec son ancien poste à Bercy. Mais le hasard des mutations l'a posé là, en tant que responsable d'un service un peu placard.

Deux ou trois affaires d'espèces dites « invasives » par an, quelques rapatriements de Français victimes de la prétendue « révolte animale »... En effet, depuis deux décennies, les animaux semblent s'en prendre aux humains. Simon, sceptique, y voit une succession d'incidents plutôt qu'un phénomène global. Les orques attaquent les voiliers, les éléphants détruisent villages et cultures, les goélands envahissent les villes, les punaises marines rendent les plages hostiles... Pas de quoi parler de révolte. Mais les médias, eux, adorent ça.

Mais ce n'est pas le moment d'y penser. Simon est en vacances, alors il s'efforce d'oublier tous les soucis accumulés au cours de cette année chargée en problématiques diverses ; toutes ces histoires ne le passionnent vraiment pas.

Comme à son habitude, après sa petite promenade dans les rues toulonnaises, il se dirige vers le marché pour s'acheter de quoi cuisiner quelques légumes de saison. C'est sa mère qui lui a appris à faire la ratatouille. La cuisine est l'une des seules choses, avec la rigueur administrative, qu'elle lui a jamais transmises. On pourrait croire que ces deux domaines n'ont rien en commun, mais les recettes de cuisine chez les Verde sont rigoureuses, pointilleuses ;

aucun aliment n'est laissé au hasard, ni son temps de cuisson, ni son poids. Et encore moins sa sélection.

Malgré le manque d'eau, on trouve encore des légumes à prix abordable. Certains producteurs ont su prendre le virage à temps, lorsque les grosses crises de sécheresse sont arrivées. Simon se promène entre les allées des stands. Des vendeurs interpellent le chaland par des phrases toutes faites, mais hormis les touristes curieux, personne ne prête attention à leur chant marchand. Simon tend tout de même l'oreille, à l'affût de la bonne promotion.

Son regard se porte sur une quinzaine de perruches perchées sur le parasol d'un commerçant. Elles semblent à l'affût d'un instant d'inattention, prêtes à fondre sur l'étal. Ça lui rappelle encore le travail, les espèces invasives et tout le reste.

À une certaine distance, une soudaine agitation attire son attention. Il cherche du regard ce qui provoque ce grand raffut, ne comprend pas. Les têtes de parasol au loin sont bousculées, vacillent de droite à gauche, tout le monde se tourne vers le vacarme, le marché s'arrête sur cette scène qui se déroule à quelques dizaines de mètres de Simon.

Les personnes qui, juste avant, lui tournaient le dos pour observer le spectacle, fuient maintenant à toutes jambes vers lui, transformant l'allée en un couloir déserté.

Juste devant lui, Simon aperçoit deux jambes dépasser d'un étal nappé aux couleurs provençales : un homme est allongé là, sur le ventre, les pieds relâchés, tournés vers l'intérieur ; il semble inconscient.

Le marché s'est vidé, seul Simon reste planté là, non pas par courage, mais par sidération, incompréhension. Il est figé, regarde quelques tomates à terre, leur rouge éclatant accroche son regard : c'est exactement ce qu'il cherchait quelques instants plus tôt, des tomates mûres, bien juteuses.

Tout à coup, il n'est plus seul. Une ombre massive glisse dans l'allée centrale, il ne voit que son arrière-train, il lui tourne le dos. L'animal ralentit le pas pour sentir la personne allongée, puis se retourne pour faire face à Simon.

C'est un loup.

La beauté de la bête fait comprendre à Simon la scène dont il vient d'être témoin. L'animal, jamais vu dans un contexte urbain, a créé la panique. Subjugué par le regard lupin, il fait face au canidé, amorce quelques pas dans sa direction, ses jambes animées d'un élan qu'il ne maîtrise pas. Quelques mètres les séparent à présent. Le loup baisse la tête, passe sa queue entre ses pattes en animal soumis, reste ainsi quelques instants.

L'homme qui s'était écroulé devant l'étal se réveille brusquement et se met à hurler à pleins poumons, un cri strident qui vrille l'air à la manière d'une lame. Simon sursaute comme s'il sortait d'un songe. Il se dirige vers lui pour le faire taire. Il faut éviter la panique : il le sait mieux que quiconque, puisque c'est l'instruction primordiale qu'il donne dans ses notes destinées au public dans les zones à risques.

Le temps qu'il parvienne à calmer l'homme terrifié, le loup a disparu, comme s'il n'avait jamais été là.

Chapitre 2

Partir

Ce matin, l'atmosphère est brumeuse. L'hiver, accroché aux hauts plateaux, refuse encore de céder sa place. Le froid demeure, implacable, jusqu'à l'apparition du soleil, dont les arbres filtrent impitoyablement les rayons.

Le groupe a passé la nuit sur un sommet boisé. Depuis quelques lunes, un jeune mâle a pris les rênes du clan. Ce n'est plus le vieux loup qui décide des haltes et des destinations. Sa louve et lui, qui ont mené la meute pendant tant d'années, n'ont pas résisté à l'agressivité du nouveau venu : plus vaillant, plus vigoureux et, surtout, dénué de tout scrupule, il n'avait rien à perdre.

La nuit a été courte. Les adultes sont rentrés tard de la chasse. Lorsque le vieux loup a regagné l'endroit où il l'avait laissée, celle avec qui il partage sa vie n'y était plus. Sans doute était-elle partie chasser à son tour. Son odeur flotte encore, ténue mais présente, et il croit sentir la chaleur du sol, là où elle s'était allongée.

Un pressentiment le hante. Sa louve lui manque viscéralement. Elle avec qui il a partagé sa vie, élevé des louveteaux, surmonté les hivers et fêté les saisons grasses. Un vide abyssal s'est creusé en lui. Avant de s'accorder du repos, il tourne en rond, reniflant les abords du campement, guettant une silhouette tapie dans l'ombre, un signe. Mais rien. Depuis l'arrivée du jeune mâle, elle s'éloigne de plus en plus de lui. Exténué par la longue traque des jours précédents, il finit par s'effondrer de fatigue.

À son réveil, sa première pensée le ramène à elle. Il ne prend pas le temps de s'étirer ni de chasser la torpeur du sommeil et se dirige immédiatement vers le reste du clan. Mais l'accueil est bien différent de celui qu'il espérait. Les jeunes l'ignorent. Quant aux anciens, ils grondent à son approche. L'un d'eux, l'un des premiers à avoir rallié le nouveau chef, se jette même sur lui et tente de le mordre à l'arrière-train pour lui barrer la route.

D'un œil indifférent, du haut d'une butte, le jeune mâle domine la scène. Il ne daigne même pas poser un regard sur l'ancien chef. Il l'a déjà effacé de son monde.

La tête basse, la queue entre les pattes, oubliant toute la fierté qui fut la sienne, le vieux loup s'obstine une dernière fois. Il veut savoir. Est-elle ici, couchée un peu plus loin, sur le flanc, comme à son habitude ? Il la reconnaîtrait de dos, à des centaines de mètres.

Mais sa posture de soumission signe sa perte. L'individu qui a déjà tenté de le mordre bondit cette fois à sa gorge. Sans hésitation. Pour le tuer. Le combat éclate, brutal, inévitable. Pris par surprise, le vieux loup n'était pas venu pour se battre. Surtout pas contre celui-là. Il le connaît, il l'a jadis sauvé. Il l'avait accueilli dans le clan alors qu'il était blessé : un humain lui avait transpercé la patte avant avec l'objet de feu que la meute connaît très bien maintenant, et qui permet aux humains de tuer n'importe quel animal, même de très loin. Ils l'utilisent en cas d'attaque à l'encontre de leur troupeaux, ou parfois même sans raison. Le loup était arrivé blessé, affamé, dans l'incapacité de chasser, et il avait trouvé refuge dans son clan.

Le chef l'avait accepté. Tout chasseur supplémentaire est une force. Mais il avait aussi vu, au fil des saisons, les regards que le blessé lançait à sa louve. Un frémissement des babines avait toujours suffi à le tenir à distance. Mais aujourd'hui, il se venge.

Le combat vire au carnage. La rage de l'ancien reprend le dessus. Malgré l'effet de surprise et l'hostilité de la meute entière, il est plus expérimenté. Il frappe au poitrail, puis à la gorge. Un flot de sang chaud envahit sa gueule. Une dernière morsure, et l'autre ne bouge plus.

Écœuré, il se recule, pantelant, la face maculée de sang. Autour de lui, le cercle se referme. Tous se rassemblent, en rangs serrés, prêts à en découdre. Ils vont l'encercler, l'épuiser, puis le sacrifier au nouveau chef.

Sauf s'il part. Maintenant.

Il recule lentement, patte après patte, gardant les yeux sur la meute de laquelle s'élève un grondement de menace sourd. Après cette victoire, aucun d'eux n'osera l'affronter seul. Pas même le jeune chef, qui se garde bien d'intervenir. Il feint l'indifférence, mais c'est une ruse : un combat perdu suffirait à ruiner son règne.

La gueule et la tête hautes, le vieux loup s'éloigne. Cinq, dix, vingt mètres. Un dernier regard à ceux avec qui il a tout partagé. Puis un hurlement, profond, vibrant de douleur.

Il part. Vers l'autre montagne. Là-bas, le flanc ensoleillé est couvert de pins, et les rivières forment un lac aux eaux abondantes. Un territoire sûr. Si elle est en vie, c'est ici qu'il la retrouvera. À l'époque, ils s'y rendaient souvent ensemble.

Le voyage est long. Il espère éviter les humains. Les observer l'a toujours intrigué : ils vivent en clans, mais portent des odeurs infiniment variées. Ils ne supportent pas le froid. Dès les premières neiges, ils disparaissent.

Sauf ceux qui traquent les loups. Il les connaît : ceux-là n'ont pas de saison. Ils sont armés. Il les a vus tuer. En effet, lorsque le couple était encore jeune, il avait perdu toute une portée, trois louveteaux qui n'avaient que quelques lunes. Après cette douloureuse perte, il s'était résigné à changer de territoire : il fallait s'éloigner du clan qui s'attaquait aux moutons des humains. Sa louve avait compris que les représailles, après ces attaques, étaient systématiques, même si celles-ci n'avaient pas été commises par eux. L'innocence ne protégeait plus personne.

Il marche toute la journée. Au crépuscule, la faim le tiraille. Il repère des chamois. L'un d'eux boitille. Une cible facile. Tapi derrière un rocher, il attend le moment propice. Quand il bondit, la proie n'a pas le temps de comprendre. Une morsure fatale à la gorge et c'est fini.

Il mange. Il se reposera ici.

La nuit tombe. Le vent se lève.

Il rêve. D'elle.

Il se réveille en sursaut. Tout est calme.

Il repart. Cherche des traces. N'importe quoi, un poil sur un buisson, une odeur. Il hurle. Pas de réponse.

Mais plus loin, un marquage urinaire. D'elle. L'excitation le consume. Il court vers cette lumière jaune qui brûle toutes les nuits, de manière continue, peu importe le temps. Il descend vers la vallée, vers une zone qu'il a toujours évitée, trop de loups n'en sont jamais revenus : là où il n'y a que des humains.

Il les croise. Ils s'effacent sur son passage, effrayés. Mais certains portent des objets de feu.

Il est encerclé. Il tente d'avancer. Une humaine, plus jeune que les autres, se dresse devant lui. Elle aussi est armée. Il s'approche. Lentement. Se soumet.

Un bruit de tonnerre éclate. Il bondit, frôle la femme et s'enfuit. Vivant. Derrière lui, la forêt retombe dans un silence absolu.

Il arrive très vite sur un chemin très large où passe des objets bruyants avec des humains à l'intérieur. L'odeur qui s'en échappe est terrible, le vacarme est effrayant, d'autant qu'ils peuvent leur foncer dessus. Une femelle de son clan en avait fait les frais : elle fermait la marche du clan, et avait été violemment percutée par l'objet, puis projetée très loin par l'impact.

Elle était morte peu de temps après. Sa louve était restée avec elle jusqu'à son dernier souffle : elle avait été très affligée par sa disparition, elles avaient grandi ensemble. Depuis, le clan se méfiait extrêmement des chemins des humains. Mais hormis ce grand danger, les voies libérées de toute végétation permettent d'aller beaucoup plus vite. En une journée ou deux, il pourrait atteindre ce lieu à la forte lumière jaune.

Peut-être s'y est-elle rendue. Chaque fois que la meute pouvait apercevoir cette lueur, il la retrouvait assise, fixant ce lieu étrange d'où venaient les humains. Elle semblait vouloir comprendre. Alors il la contemplait, perdue dans ses pensées. Dès qu'elle sentait sa présence, comme prise au dépourvu, elle retournait vers le clan.

Plus il s'approche maintenant, plus la végétation se fait rare, et plus les objets bruyants se multiplient. Mais avant de s'y rendre, il aperçoit une montagne aux arbres nombreux dominant cet ensemble. Il pourra s'y reposer, et peut-être même, avec un peu de chance, y percevoir une trace de son passage ; elle aura très certainement pris la même route.

Ça ne manque pas : dès le premier chemin boisé, son odeur indique qu'elle est passée là récemment. Dans une clairière, un peu à l'écart, de l'herbe couchée montre qu'elle s'y est reposée.

Il est harassé, ne tient presque plus sur ses pattes après ces deux longs jours de marche. Il se blottit dans cette couche, tellement épuisé qu'il ne tourne même pas pour trouver sa place.

Il ferme les yeux, se nourrissant de l'odeur rassurante de sa louve. Il la retrouve en rêve, dans un monde où loups et humains vivent ensemble, où les deux espèces se ressemblent tant qu'il n'y a plus de différences.

À son réveil, une idée s'impose : peut-être que cet endroit étrange, celui qu'elle observait chaque nuit, ressemblait à ce monde-là. Et peut-être qu'elle y est allée, guidée par sa curiosité, pour voir si ce rêve existait vraiment.

Elle s'est dirigée vers le bas de la montagne, droit vers le monde des humains. Il est désormais au cœur de leur univers. Un territoire sans contours. Trop de voix, trop de mouvements. Des odeurs entremêlées. Une agitation sans fin.

Les humains reculent. Ils ont peur, comme ceux de la montagne.

Sauf un.

Qui ne bouge pas.

Le vieux loup le reconnaît. Ce n'est pas un souvenir. C'est plus ancien, plus profond. Il l'a vu en rêve. Il a senti sa trace.

Cet humain sent le clan. Ce n'est pas tout à fait l'un des leurs, mais pas tout à fait un des autres non plus.

Il en est sûr : c'est lui qui pourra l'aider.

Chapitre 3

La traque

Il traverse les rues familières de Toulon pour rentrer chez lui. L'air est lourd et chargé d'humidité. Aucun bruit de moteur, juste le murmure des roues sur l'asphalte. Il marche d'un pas rapide, le regard flottant.

Cette rencontre le hante. Un loup, ici, au cœur de la ville. Il revoit ses yeux, cette intelligence brute, cette présence étrangère et pourtant si proche.

Il pousse la porte de la maison familiale. L'odeur des murs lui saute au visage, mélange de pierre froide et de souvenirs poussiéreux. Il est seul. Il l'a toujours été, depuis la mort de sa mère. Il retire sa veste, reste un instant immobile. Il n'a pas faim, pas sommeil. Impossible de rester enfermé. Il ressort, traverse la place ombragée, longe les façades claires. Le ciel est étrange. Au sud, la lumière est douce, presque estivale. Au nord, une masse sombre avance lentement, épaisse, menaçante. Le contraste est brutal. C'est comme si deux mondes se faisaient face. Il marche encore, l'esprit occupé par cette ombre au-dessus de la ville.

Une présence. Il ne l'a pas vue tout de suite, juste perçue. Un léger décalage dans la rue, une silhouette immobile alors que tout bouge autour. Une femme entre deux âges, debout à quelques mètres. Il sent son regard avant de croiser ses yeux. Elle s'approche lentement.

– Vous savez ce qu'on dit chez moi, quand le temps est comme ça ?

Il hésite, esquisse un sourire poli.

– Chez vous ?

– En Tunisie… On appelle ça le « mariage du loup ». *Ers edh-dhîb*.

Le mariage du loup… Il répète les mots sans vraiment les comprendre. Le mariage du loup. Il a le regard fixé sur ce ciel étrange. Les mots de cette femme collent bien avec cette ambiance de fin du monde. Il se retourne, elle a disparu.

Tout revient aux loups. Cette rencontre, ce ciel coupé en deux, cette femme surgie de nulle part. Quelque chose se tisse autour de lui, un fil invisible qui le ramène toujours au même point. Il cherche un sens, mais rien ne s'éclaire. Seulement cette impression tenace qu'il est déjà trop tard pour faire marche arrière.

Et puis, depuis ce matin, il y a les odeurs des gens. Elles gênent Simon de plus en plus. D'ailleurs, là, un jeune homme, à quelques dizaines de mètres devant lui, empeste. Simon est tellement incommodé qu'il change de trottoir et accélère le pas pour le dépasser, s'offrant le luxe en le doublant de lui jeter un regard noir de reproches pour ses fragrances outrancières.

Mais le parfumé n'est pas commode. Il stoppe brutalement sa marche, écarte les bras, une façon de demander à Simon ce qui ne va pas chez lui. De la main droite, Simon expédie l'invite, il n'a pas le temps d'échanger. Il n'a aucune envie de se lancer dans une discussion qu'il juge inutile.

L'autre n'insiste pas. Occasion ratée d'un échange entre deux humains quand tout semble partir à vau-l'eau ?

Partir s'aérer la tête n'était finalement pas une si bonne idée. Il retourne sur ses pas, rentre se confiner dans la vieille bâtisse familiale. Une fois rentré, il s'affale dans le canapé pour reprendre son souffle, coupé par sa marche empressée depuis le centre-ville. Son corps soulève un nuage de poussière. Les particules s'emprisonnent dans les rayons de lumière de la fenêtre, et Simon se perd dans la contemplation de cette danse lumineuse.

Cette maison n'est plus celle qu'il voyait enfant. Aujourd'hui, elle fatigue. Elle sent l'abandon et manque cruellement d'entretien. Le lierre recouvre entièrement la façade, quelques fissures que Simon juge « vilaines » sont apparues sur le fronton, le toit compte un bon nombre de tuiles manquantes et le jardin est digne d'une friche. Simon n'a jamais pris goût à s'en occuper. Depuis qu'il est seul à en avoir la charge, il n'y passe plus que pour ses vacances.

Les promoteurs, envieux de ce beau terrain face à la mer, le harcèlent à coups de courriers dans la boîte aux lettres. Mais il ne vendra pas. Pour les souvenirs qu'elle abrite, sa valeur est inestimable.

Simon n'a plus que cet endroit pour se replonger dans son enfance insouciante. Il se souvient des baignades en petit maillot en face de chez lui, alors qu'aujourd'hui les méduses rendent les combinaisons obligatoires pour les bains de mer ; des jeux dans le grand jardin, sans la menace des moustiques tigres affamés par milliers. Et ces cigales, leur chant annonciateur de la chaleur estivale… Elles se sont tues lors de cet été tellement caniculaire que l'espèce entière a disparu de la façade méditerranéenne française.

Il n'était pas là. Il aurait aimé l'être, pour documenter la chose, ne serait-ce qu'en faire le constat. Mais cette fois, il est présent.

Il repense au loup. Et pour une fois, il est là lorsque tout bascule. Il s'empresse de téléphoner au service. Il faudra faire une note à la direction générale. C'est Rima qui décroche. Surprise par le ton hésitant de Simon, elle se met même à le tutoyer, alors qu'elle sait qu'il ne supporte pas ces familiarités.

– Raconte-moi, c'est impossible. Aucun loup n'est jamais venu en ville avec autant d'humains présents. Ne serait-ce pas un chien ? Tu sais, il y a des chiens qui...

– Rima, je ne suis ni aveugle ni myope. Je sais reconnaître un loup d'un chien quand même ! Pour qui me prenez-vous ?

– Pardonnez-moi, Simon, les faits me semblent tellement surprenants, dit-elle d'un ton gêné, tout en se reprenant sur le tutoiement.

Il lui raconte jusqu'aux moindres détails l'histoire de cette visite, puis termine son récit par un ordre à son assistante.

– Transmettez également à l'Intérieur, à l'Écologie, que je suis le témoin principal de cette scène. Qu'ils me contactent s'ils le souhaitent.

– Ce sera fait, Simon, sans faute. Comptez sur moi. Essayez tout de même de passer de belles vacances...

Sans lui laisser finir sa phrase, Simon met fin à la conversation ; non par impolitesse, il est un homme de codes et de savoir-vivre, mais parce qu'il est déjà ailleurs.

Trop pressé de s'asseoir à son arrivée, Simon a délaissé son sac de courses abandonnées en cours de route sur le plancher en chêne massif. Les légumes d'été sur le bois clair sont baignés par cette jolie lumière : c'est digne d'un tableau de Chardin, se dit-il.

La sonnerie du téléphone le sort de sa rêverie picturale. C'est la préfecture. Ils n'ont vraiment pas perdu de temps. C'est certain, tout le monde est sur les dents ces derniers mois, au point que le préfet a demandé la création d'une cellule dédiée à la « révolte animale ». Son interlocuteur lui annonce une « traque » : en clair, l'animal doit être abattu. Pensez, un loup qui ne craint pas les humains, osant s'aventurer en plein centre urbain au beau milieu de la matinée, est « un danger ».

Ce n'est pas un jugement, « c'est la loi », et ce depuis un arrêté du 9 juillet 2028. À l'époque, une meute entière d'une quinzaine d'individus s'était infiltrée dans les quartiers nord de Marseille. La cité entière avait été évacuée pour mener la chasse au loup. Au final : zéro blessé côté humain et un carton sur les loups, tous abattus en raison du « principe de précaution », avait annoncé le sous-préfet de région de l'époque.

Simon écoute l'agent chargé de l'affaire. Il lui explique la procédure à venir. Simon acquiesce, comprend, propose même son aide.

– Vous pourrez participer à la chasse en ville, lui dit l'agent. On ne sera jamais de trop pour trouver la bête.

Il y a dans sa voix l'excitation d'en découdre. Simon est gêné par le ton utilisé.

Le rendez-vous est fixé sur la place du marché, à l'endroit où Simon a vu l'animal, dans une heure.

Il se met en route sans attendre et arrive sur place, forcément en avance. Il faut dire qu'il exècre les gens en retard. Les rues environnantes sont désertes. Le préfet n'a pas tardé à ordonner un couvre-feu en centre-ville, et les habitants sont cloîtrés chez eux : on va tirer à balles réelles, il ne faudrait pas provoquer de dommages collatéraux.

Simon montre patte blanche aux nombreux barrages de police qui bouclent à présent tout le secteur. Le dernier policier, content de voir un peu d'action, fait preuve de beaucoup de zèle, au point que Simon est obligé de téléphoner aux responsables de l'opération ; ça le met mal à l'aise, comme s'il n'était là que pour le spectacle de la tuerie.

Mais les contrôles se justifient. Les autorités se méfient particulièrement des militants animalistes et notamment des transpécistes, toujours prêts à en découdre avec une violence inouïe dès qu'on s'en prend au moindre animal. L'année précédente, lors de la grande opération de démoustication qui se déroulait à Nice, des militants se reconnaissant moustique – ou, par solidarité, en autres espèces non humaines – s'en étaient pris aux véhicules et aux agents de la municipalité. Ils avaient tout saccagé. La férocité de leur action était sans précédent, comme si l'on s'attaquait à leur propre famille. C'était d'ailleurs le message qu'ils scandaient. L'État avait réagi à ces violences en tentant la voie de la médiation, mais les militants ne voulaient rien entendre, ni négocier.

Autrefois, on démoustiquait sans poser de questions. Aujourd'hui, la moindre atteinte portée à une espèce déclenche des réactions. Et contrairement aux luttes écologistes de cinquante ans en arrière, les militants actuels arborent tous les profils. Pères et mères de famille, cadres supérieurs, adolescents, retraités... Une foule composite, mais unie par une même rage viscérale contre ceux qui portent atteinte à leurs congénères, les animaux non humains.

Même ici, face à ce loup, les lignes bougent.

Simon se retrouve seul sur ce grand cours. Quelques traces du marché plié à la va-vite jonchent le sol. Il se trouve exactement là où il a vu le loup, là où ils se sont regardés, observés.

D'ailleurs, il ne se souvient presque plus que de ça, de ce regard. Les yeux jaunes de la bête, fixés droits sur lui. Une envie de communiquer, de demander, ou seulement de l'évaluer ? Que voulait cet animal perdu en pleine ville ? Et puis, pourquoi lui aussi n'a-t-il pas réagi en fuyant comme tout le monde ? Simon n'est pas du genre téméraire ; en tout cas, il n'est pas prêt à affronter un loup solitaire, sans doute affamé, comme il ne serait pas du genre à passer ses vacances à nager au milieu des requins ou à s'adonner à n'importe quelle activité qui pourrait potentiellement le mettre en danger.

Le silence né du confinement est brisé par des cris, des hurlements même. Le bruit vient des barrières de police. Ça n'a pas manqué, les militants ont vite eu vent de la traque. Des dizaines de personnes s'en prennent avec rage aux forces de l'ordre. Simon reconnaît le policier zélé de tout à l'heure qui sort son arme, tire en l'air en guise de sommations ; mais une jeune fille à la carrure pourtant bien fine se jette sur lui et le mord au visage, le faisant tomber au sol sous le coup de la douleur. Les policiers sont déjà complètement débordés.

Les militants passent la barrière, pénètrent dans la zone de chasse, accourent vers Simon. Ils sont déchaînés. Simon est effrayé par cette rage. La colère déforme leur visage. Même s'il a déjà entendu parler de ce phénomène, c'est autre chose de le vivre, et surtout d'en être la cible.

Un homme d'une quarantaine d'années, lancé dans cette course folle, arrive le premier à sa hauteur et s'arrête net. Il écarte les bras et se colle au visage de Simon, au point qu'ils se touchent presque. Simon fait deux pas en arrière, mais l'autre le suit, tout à son contact, et lui dit :

– Tu n'y es pas encore, et c'est pourquoi tu es là. Va-t'en ! Va-t'en !

Encore un fils de riche tombé dans la mélancolie, jeté corps et âme dans la première lutte trouvée, pense Simon.

Il n'a pas bougé. Figé au milieu de la place, il aperçoit d'autres policiers lourdement équipés, au moins une cinquantaine, arriver d'un pas rapide, décidé, presque militaire – à la manière d'une formation romaine.

Les militants, au son des bottes, se détournent de Simon et, contre toute attente, se ruent vers les policiers.

Ils se font très rapidement maîtriser. Plaqués au sol, menottés et évacués, ils continuent de hurler même une fois enfermés dans le véhicule blindé.

Un homme dans la fleur de l'âge vêtu d'un costume en lin beige clair, bien trop élégant pour la situation, se rapproche de Simon et lui tend la main. Son odeur est presque suffocante. Est-ce une nouvelle sorte de parfum conçu par des IA, pour être plus prégnant que la normale ? ... Tout est possible.

Simon est tellement abasourdi par la scène de guerre dont il vient d'être témoin qu'il n'a pas entendu l'élégant se présenter. Le vacarme, la violence, les corps qui s'entrechoquent, tout ça tourne encore dans sa tête. Il s'excuse, demande à l'autre de répéter.

– Hector Du Vauvier, préfet du Var. Vous êtes sans doute Simon Verde, c'est vous qui avez signalé l'animal ce matin ? Je crois que vous êtes au MAE ?

Simon ne supporte pas les acronymes, qui ne servent qu'à donner une illusion de sachants aux initiés.

– Enchanté, monsieur le préfet. Effectivement, je travaille à la cellule de crise du ministère des Affaires étrangères. J'interviens justement sur tout ce qui traite de près ou de loin aux animaux.

– Vous êtes l'homme de la situation, si j'ose dire ! Nous allons immédiatement déployer nos traqueurs. Si vous le souhaitez, je vous invite à rejoindre le poste de commandement en tant qu'observateur. J'imagine que vous avez dû organiser ce type de traque dans vos missions à l'étranger. Cela nous permettra d'échanger sur nos méthodes, je suis curieux de voir comment vous procédez ! conclut-il avec un sourire digne d'un politique en campagne.

Simon, qui n'a écouté que d'une oreille le discours du préfet, s'extirpe de la contemplation du camion blindé chargé des militants en train de s'éloigner, sa sirène couvrant maintenant les cris des appréhendés. Perturbé par le parfum de son interlocuteur, il cherche comment répondre de la manière la plus professionnelle possible.

– Avec grand plaisir. La curiosité et la volonté de l'échange avec vos services est réciproque, même si je ne suis pas là officiellement, je suis venu ici à titre personnel.

Le préfet étouffe un rire coincé.

– Il va sans dire que vous n'êtes effectivement pas là officiellement, rétorque-t-il. Même si l'on sait que pour nous, hauts fonctionnaires au service de nos concitoyens, les vacances ne sont jamais vraiment des vacances !

Ces quelques mots réveillent Simon. Son regard pensif va du sol aux yeux clairs du préfet. Effectivement, il n'arrive jamais vraiment à décrocher.

Accompagnant le préfet Du Vauvier, Simon entre dans le véhicule faisant office de poste de commandement. Des écrans suivent les équipes, des drones équipés de caméras thermiques quadrillent le secteur. L'animal, évidemment dénué de toute cette technologie, semble n'avoir aucune chance. Simon en a le tournis ; le dispositif semble franchement démesuré pour un seul animal.

Son téléphone sonne. C'est Rima. Un bon prétexte pour s'extirper de cette carcasse étouffante. Il décroche, lui glisse qu'il est sur le terrain, qu'il ne peut pas parler. Puis il raccroche. Il n'a plus qu'une envie : rentrer chez lui. Il s'excuse auprès de l'élégant, plus occupé à parader qu'à organiser la chasse, et le voilà dehors. Il parcourt les rues étroites de la cité méditerranéenne, vidées de toute présence humaine. Le monde, enfin, semble apaisé.

Mais il ne s'agit là que du calme avant la tempête, se dit-il en repensant à tous les moyens matériels et humains mis en place pour traquer le loup. Tout ça pour un seul individu, qui a l'air si vieux par ailleurs.

Il passe les derniers barrages de police avec beaucoup moins de difficultés qu'en sens inverse, avant de s'engouffrer dans une petite rue permettant d'accéder directement au littoral. Après l'ambiance étouffante de la zone confinée, il a besoin d'espace.

La ruelle en question, par la proximité des murs qui se font face, est très silencieuse, hormis quelques battements d'ailes de pigeons un peu plus loin.

Mais on l'observe. Simon s'arrête, se retourne. Le passage est toujours vide. Il rebrousse chemin, remonte la rue. Cette sensation évolue en certitude : quelqu'un l'observe. Il s'arrête un instant sur les petites marches de l'entrée d'un immeuble, scrute la rue.

Enfin, il s'en doutait sans vraiment se l'avouer, le loup se présente devant lui. Il trottine vers Simon, la gueule ouverte, langue pendante, en bel animal taillé pour l'endurance. Sans cesser de le fixer du regard, le loup ralentit le pas, puis s'arrête et se couche, à seulement quelques mètres de l'homme.

À cet instant figé dans le temps, homme et loup se regardent. Une impression nouvelle saisit Simon, comme un chemin intérieur. Il perçoit toutes les émotions qui se dégagent de cette conversation muette : la tristesse, l'amour brisé, le vide, la solitude, l'errance sans but – autant de ressentis qui le renvoient à sa propre histoire. Sa poitrine se serre. Le loup incline la tête, comme pour mieux l'observer ; ou peut-être pour signifier qu'il est dans un état similaire.

Une sonnerie de téléphone fracasse le silence. Le loup se lève brusquement et s'échappe avec agilité et élégance, disparaissant comme un fantôme.

Soudain, Simon doute de ce qu'il vient de vivre. Serait-ce le fantasme d'un homme épuisé et psychologiquement éprouvé ?

Les « allô » de Rima venant de son portable le ramènent à sa vie d'humain. Simon doit rentrer à Paris.

Chapitre 4

Paris

À peine descendu du train, Simon est écrasé par la chaleur étouffante de la capitale. Sous quarante-cinq degrés, les rues sont complètement vides ; seul le bruit des moteurs des climatiseurs et des véhicules se fait entendre.

Simon se rend au ministère sans même prendre la peine de passer par chez lui. Rima avait l'air embarrassée au téléphone, et pressée qu'il arrive. En marchant le long de la Seine, Simon se dit que les mouettes et les goélands doivent bien être les seuls à supporter encore cette grande chaleur : passer sa vie sur l'eau, même si le fleuve est lui aussi devenu très chaud, se poser à l'ombre sous les ponts pour s'y rafraîchir un peu...

Il s'arrête un instant pour prendre le temps de les observer. Quelques jeunes goélands, reconnaissables à leur plumage encore gris, suivent leur mère. Cette dernière a plutôt l'air de vouloir se débarrasser d'eux : elle leur lance des cris stridents pour tenter de les éloigner. Les juvéniles n'en ont rien à faire, ils persistent. Pauvres jeunes, se dit-il. Une éducation à la dure. Un peu comme celle qu'il a reçue. Et lui, quelle éducation aurait-il donné à ses enfants, s'il en avait eu ? Certainement tout l'inverse.

Simon repense à sa rencontre avec le vieux loup. C'est étrange, ce souvenir lui paraît amical, comme lorsqu'on pense à un être proche. Et cette chasse... Est-ce que le préfet, après avoir paradé comme un coq, a réussi à abattre la bête sauvage ? Rien que d'y penser, son cœur se serre.

Il n'est pourtant pas dans le camp des défenseurs des animaux. Lui, il œuvre pour la sécurité des humains, pas pour celle du monde sauvage. Il doit envoyer un message à Hector Du Vauvier pour en avoir le cœur net. Simon tapote sur son téléphone portable. Il s'y reprend à maintes reprises, le ton n'est jamais le bon, toujours un peu trop compatissant pour l'animal. Il finit par renoncer. Vraiment, il ne souhaite pas la mort du vieux loup. Il garde en mémoire cet échange de regards, comme si la bête l'avait scruté de l'intérieur, mis à nu.

Simon a perçu tellement d'émotions dans ces magnifiques yeux jaunes. Il se souvient aussi des cicatrices sur son corps, dont la grande balafre à peine refermée sur le museau. Quelle vie doit mener ce loup ! Galoper dans les grands espaces encore préservés, chasser lorsqu'il a faim, partager son existence avec son clan, sa famille. Et sa vie, à lui, Simon Verde... Enchaîner les réunions ineptes, courir après l'argent, s'enfermer dans des appartements exigus, choisir entre subir des déceptions amoureuses ou rester seul. Il n'a pas vraiment d'amis, pas d'enfants, pas d'histoire d'amour, pas de frère ou sœur, plus de parents. Et il ne croit pas au destin ou à ce genre de choses ; mais si cette rencontre était le signal de quelque chose, le réveil dont il a besoin ?

Un aboiement aigu le sort de ses pensées. Un petit caniche blanc, tout droit sorti d'un salon de toilettage, se rue sur lui et le mord avec rage au mollet, sans raison apparente. La vieille dame au bout de la laisse ne parvient pas à le contenir, crie son nom, bute sur un pavé et tombe à quelques centimètres de Simon. D'une main, Simon attrape le chien à la gorge, le faisant enfin lâcher sa jambe, et le maintient au sol. De l'autre main, il s'empresse d'aider la dame, qui s'est blessée au visage. Il parvient à l'asseoir. Les couinements du caniche lui rappellent que l'animal suffoque, alors il desserre son emprise en le tenant serré au collier serti de strass.

Simon patiente un peu, le temps de confier la vieille dame à un service de secours, avant de reprendre enfin sa route vers le Quai d'Orsay. Comme à son habitude, il s'attarde pour saluer tout le monde, les gardes à l'entrée, les agents d'accueil ; il les connaît toutes et tous, jusqu'aux prénoms de leurs enfants. Enfin, d'un pas à nouveau pressé, il débarque dans le bureau de Rima.

Simon n'est parti que depuis quinze jours, mais Rima a changé. Il la sent plus vive, plus légère, comme si quelque chose en elle s'était enfin libéré. Ce qui le frappe d'emblée, ce sont ses magnifiques cornes ondulées artificielles. Malgré leur taille imposante, elle évolue avec aisance, comme si elles étaient un prolongement naturel de son corps. Il la voit soulever les persiennes d'un geste fluide ; elle semble avoir toujours vécu ainsi.

Devant elle, des feuilles et quelques fruits disposés sur une assiette. De quoi se nourrir. La climatisation est coupée. Dans cette pièce entièrement vitrée, la chaleur est écrasante. Pour un humain, du moins. Les addax, elles, sont faites pour survivre dans les déserts arides. Aujourd'hui, l'espèce n'existe plus. Simon se demande si Rima peut maintenant sentir la pluie à trois cents kilomètres.

Elle le fixe et, d'un ton calme, lui annonce qu'elle est devenue une antilope. Une addax, plus précisément. Il reste interdit. Tout le monde connaît cet animal, même si la génération de Simon ne l'a jamais vu autrement qu'en images. L'addax est le symbole d'une espèce que l'on aurait pu sauver. Celui d'un échec. Trop de lenteur, trop d'inaction. La bureaucratie s'était embourbée, incapable de dépasser les querelles et les lourdeurs administratives. L'addax est devenue l'emblème d'un système absurde.

Autrefois, il aurait ri. Là, il ne trouve rien de drôle. Sa transition va perturber le service. Et surtout, il s'inquiète. Tiendra-t-elle sous cette chaleur ? Son corps d'humaine supportera-t-il un régime de feuilles et de fruits ?

Rima poursuit. Elle veut aussi changer d'horaires. Les addax sont nocturnes, donc elle ne pourra travailler que la nuit. Il y réfléchit. Après tout, personne ne se bat pour ces créneaux-là. Ce serait presque un avantage. Et puis, elle lui dit :

– Je suis grégaire.

– C'est-à-dire ?

– Que je vis en troupeau.

– Je sais ce que veut dire « grégaire », Rima. Mais en pratique, pour vous et surtout pour le service, qu'est-ce que cela implique ?

– Je vis maintenant en communauté. Nous sommes une dizaine, nous habitons dans une petite maison avec un grand terrain en banlieue parisienne. J'ai quitté mon appartement du ministère, je n'en pouvais plus. Ce n'est pas une vie pour une antilope de vivre seule.

– Vous savez que ça pose un problème de confidentialité, que le service va devoir enquêter sur vos proches ? Bon, nous verrons ça plus tard. J'espère que ce n'est pas la raison pour laquelle vous m'avez fait écourter mes vacances ?

– Non, bien sûr que non. Une nouvelle attaque a eu lieu avec de nombreuses victimes. Des barracudas s'en sont pris à un groupe de plongeurs en Italie, au large d'Ostia, près de Rome. Le plus incroyable, c'est que de manière quasi simultanée, un groupe de kayakistes s'est fait lui aussi attaquer en France. Mais ça ne nous concerne pas, comme c'est arrivé sur le territoire français. C'est près de là où vous étiez d'ailleurs, au Pradet, juste à côté de Toulon.

– Comment des kayakistes peuvent-ils se faire attaquer par des barracudas ? Les barracudas sont bien dans l'eau, non ? Et les kayakistes hors de l'eau, non ? Bon, ce n'est pas notre sujet. Combien de nos ressortissants sont concernés pour Rome ?

– Quatre Français blessés, dont deux en urgence absolue. En tout, l'attaque a fait dix victimes, dont deux sont décédées.

Simon s'est mis à tourner en rond à côté du bureau de Rima.

– Est-ce que le rapatriement est possible ?

– Nous n'en sommes pas encore là...

Maintenant, Simon transpire à grosses gouttes. Il ne supporte vraiment pas cette chaleur. Il finit la conversation dans l'entrebâillement de la porte – en l'ouvrant, il a senti un courant d'air frais, comme s'il avait ouvert un réfrigérateur.

– On mobilise tout le service sur cette crise. On contacte les familles, les hôpitaux italiens et français, on privilégie le rapatriement. On prépare aussi un communiqué, au cas où la presse s'empare de l'affaire. Surtout, on fait vite avant que d'autres attaques ne surviennent. C'est plus que possible, et je ne crois pas aux coïncidences. De mon côté, je vais contacter le préfet Du Vauvier – comme vous le savez, j'étais en contact avec lui très récemment – afin de connaître le contexte de l'attaque des kayakistes français. Transférez-moi tout ce que vous avez, organisez un point avec tout le monde et trouvez-moi un spécialiste du comportement de ces animaux, pour 14 heures. Merci, Rima.

Il s'échappe dans le couloir, où la climatisation lui semble presque trop fraîche, et file droit vers son bureau. Il y trouve un tas de dossiers, déposés là pendant son absence, qu'il range dans le tiroir dédié aux affaires non traitées. Le désordre l'agace, il s'en occupe sans même y penser. Il demande à l'agent d'accueil de contacter le préfet Du Vauvier pour fixer un rendez-vous à distance. Il ne souhaite pas lui téléphoner directement pour ne pas tout mélanger : ce rendez-vous doit être détaché de leur première rencontre, qui a eu lieu dans un cadre non officiel. Son poste sonne juste après qu'il a raccroché.

– Monsieur Verde ? Préfet Du Vauvier à l'appareil, j'espère que vous allez bien depuis la dernière fois. Vous vous êtes échappé avant même que j'aie le temps de vous saluer... Pardonnez mon appel sur votre ligne directe, vous me l'aviez laissée la dernière fois. Je ne vous contacte pas pour la chasse du loup, mais pour une histoire un peu incroyable qui, je pense, vous concerne.

– Heureux de vous entendre, monsieur le préfet. J'avais justement demandé à mon service que vous me rappeliez. Oui, j'ai été informé au sujet des attaques de barracudas au Pradet, sans en avoir tous les éléments. Nous avons également un problème avec des barracudas et des plongeurs en Italie. C'est de cela que vous vouliez me parler ?

Malgré son ton professionnel, Simon n'a qu'une chose en tête : le loup. Il voudrait lui poser la question, mais ce serait probablement déplacé. Alors il tend une perche.

– J'imagine qu'avec cette histoire de loup, vous n'aviez pas besoin de ça en plus...

– Effectivement, cette traque mobilise tout mon personnel. Et nous n'allons pas chasser tous les barracudas du territoire !

Simon comprend à travers la réponse du préfet que la chasse n'est pas finie. Il se sent étrangement soulagé ; ses épaules se relâchent, il reprend son souffle, comme s'il était en apnée depuis son départ de Toulon. Le préfet reprend.

– Sans vous embêter avec nos problèmes locaux, figurez-vous que nous avons eu une belle surprise avec ce loup ! Vous ne devinerez jamais !

Simon commence à imaginer le pire. À cet instant, dans sa tête, il se dit que le loup est comme le chat de Schrödinger, dans la célèbre expérience de physique quantique : ni mort ni vivant. Il lance un timide « dites-moi... », même s'il n'a pas du tout envie de savoir.

– Eh bien, en déployant notre dispositif de traque, conformément à nos procédures en place depuis l'attaque de Marseille...

Simon n'en peut plus de cet idiot procédurier, alors il le coupe.

– Monsieur le préfet, venez-en aux faits. Nous sommes en pleine gestion de crise, ici.

– Ah, oui, désolé. Nous aussi d'ailleurs, à notre mesure, et encore une fois je ne veux pas vous embêter avec nos « petits » problèmes locaux... Eh bien, pour faire court, nous avons vu un autre loup ! Nous sommes certains que ce n'est pas celui que nous cherchions, puisque c'est une femelle. Il ne manquerait plus qu'ils viennent se reproduire en ville ! Mais comme disent les Anglais, nous ferons d'une balle deux oiseaux, ou deux loups en l'occurrence...

Il termine sa phrase par une espèce de ricanement forcé et enchaîne sur l'affaire des barracudas. Simon ne l'écoute plus, perdu dans ses pensées.

– Envoyez-moi le rapport détaillé, s'il vous plaît. Je vous recontacte.

Il presse le bouton pour mettre fin à l'appel et se lève. Face à la fenêtre qui donne sur la Seine, il regarde les oiseaux et se met à pleurer. C'est à peine s'il peut encore respirer. Il faut qu'il sorte, en espérant qu'il ne croise personne.

Le temps de dévaler les étages, il s'est un peu ressaisi. Après qu'il s'est réhabitué à la fraîcheur des bureaux, la chaleur du dehors lui semble encore plus insupportable.

Il a faim. Comme 98 % de la population désormais, Simon est végétarien ; pourtant, là, il veut par-dessus tout manger de la viande, et rouge si possible. Les offres sont très rares. Mais il subsiste, rue de Rivoli, un établissement qui en a fait sa spécialité : des plats carnés pour celles et ceux qui veulent revivre l'expérience d'autrefois – à l'époque où les humains ne se souciaient pas des êtres sentients. Les attentats transpécistes s'y sont multipliés, chaque fois plus violents.

Même les transpécistes carnivores le rejettent : pour eux, ces menus ne sont qu'une imitation grotesque, une caricature humaine des instincts animaux. De ce fait, le restaurant a failli fermer à maintes reprises.

Le lieu est maintenant gardé par des policiers lourdement armés, et une fouille minutieuse est de rigueur pour chaque client, même lorsqu'il s'agit de personnalités. Ces dernières évitent d'ailleurs de s'y faire voir, et des paparazzis ont élu domicile dans l'immeuble d'en face. Les photos de people en train de manger une tranche de viande font systématiquement la une des journaux. Mais heureusement, lui, Simon, n'est personne.

Comme beaucoup d'événements qui lui arrivent depuis quelques jours, il ne comprend pas cette envie subite, alors qu'il devrait plutôt avoir perdu l'appétit vu son état émotionnel.

Pour ne rien arranger, sur le chemin, qui n'est pas bien long, tous les chiens qu'il croise se montrent soit très craintifs, se mettant à couiner comme s'il leur faisait mal, ou, tout à l'inverse, se ruent sur lui de la même manière que le petit caniche de ce matin. Les propriétaires des canidés se confondent en excuses ou regardent Simon comme si c'était de sa faute.

Lorsqu'il pénètre dans le restaurant, l'odeur attise immédiatement son appétit. Il mange du regard les assiettes des clients déjà attablés. Tout le monde s'ignore. La plupart sont seuls, comme si tous culpabilisaient du carnivorisme auquel ils s'adonnent. Simon a trop faim pour se sentir gêné.

Il commande une énorme pièce de bœuf, sans cuisson. Il est lui-même étonné de son choix. Pourtant, il la dévore, et le goût du sang lui évoque d'étranges souvenirs qui ne semblent pas lui appartenir. Il ne reste à présent plus que l'os dans l'assiette mais il se met à le ronger, sous les yeux ébahis du serveur qui lui lance un « terminé ? » presque inquiet.

Simon demande l'addition, puis retourne au Quai d'Orsay. Il doit faire le point avec Rima.

Lorsqu'il arrive dans la grande salle de réunion, Rima est déjà en train de se connecter avec Rome. Elle lui annonce une nouvelle recrue pour les épauler dans cette gestion de crise, une éthologue marine française en poste en Italie. Mme Lupera vient justement de publier, dans l'un des plus grands magazines scientifiques, un article portant sur le changement comportemental des prédateurs en Méditerranée. Elle connaît donc parfaitement les barracudas. Simon félicite Rima.

La scientifique est déjà en ligne. Sa voix lui est familière, il a dû travailler avec elle sur les orques. Bien au fait de l'exigence de Simon quant au respect des horaires, tout le monde arrive quelques minutes avant l'heure. Les échanges débutent, la situation a l'air prise en main, chacun s'est attelé à sa tâche. L'attaché au rapatriement des victimes annonce qu'il sera impossible de déplacer les deux blessés en raison de leur état. Ils sont hospitalisés sur place, à l'hôpital Policlinico Umberto I.

Le sujet a déjà pris une dimension diplomatique entre la France et l'Italie. Les Italiens se plient en quatre pour les aider. L'ambassade française en Italie, le palais Farnèse, également en ligne, a trouvé des logements non loin de l'hôpital pour les familles. Depuis les attaques d'oiseaux marins qui avaient blessé plusieurs vacanciers sur la côte amalfitaine, les autorités italiennes sont reconnaissantes.

À l'époque, Simon avait tout fait pour que rien ne fuite dans la presse, surtout pas sur l'impuissance de l'administration transalpine à gérer seule la crise.

L'éthologue prend la parole.

– Tout d'abord, désolée d'être porteuse de mauvaises nouvelles, mais ce n'est que le début. Il fallait s'y attendre. Ce n'est pas comme si nous, scientifiques spécialistes des écosystèmes marins et des grands prédateurs, n'avions pas fait des centaines d'articles à ce sujet. Je dois d'ailleurs vous dire que nous sommes un peu fatigués de jouer les Cassandre.

Simon est un peu gêné, comme pris en défaut. Il ne lit pas les publications scientifiques, qui pourraient pourtant le concerner. Mais après tout, il ne dispose d'aucun moyen pour intervenir avant les crises, et ce n'est pas son rôle. C'est pour cela qu'a été créé, il y a quelques années, le ministère des Non-humains, une structure indépendante née dans l'urgence et censée anticiper les désordres, réguler les cohabitations, protéger les espèces sensibles.

En théorie, ils ont des équipes, des données, des protocoles. En pratique, Simon ne les a jamais vus agir à temps. Encore la preuve que ce n'est ni plus ni moins qu'une façade politique, une coquille vide peuplée d'énarques qu'on ne savait pas trop où placer ; un peu comme lui. Après avoir repris ses esprits, il coupe l'éthologue.

– Madame Lupera, venez-en aux faits, s'il vous plaît.

– Soit... Monsieur ?

– Monsieur Verde, Simon Verde.

Silence au bout de la ligne.

– Vous êtes toujours avec nous, madame Lupera ?

– Oui, oui, désolée. Donc, pour être la plus concise possible, depuis environ vingt ans, les grands barracudas, de l'espèce *Sphyraena barracuda*, normalement uniquement présents dans les mers et océans tropicaux, se sont introduits en Méditerranée. Le réchauffement de quatre degrés de la mer a bouleversé tout l'écosystème. Quant aux barracudas méditerranéens, ou *Sphyraena viridensis*, nettement plus petits et absolument inoffensifs pour l'humain, ils ont migré vers le nord. On les retrouve maintenant en Bretagne et sur tout le pourtour de l'Atlantique Nord. Au cours des premières années, les populations de grands barracudas se sont fait discrètes, tout en croissant démographiquement. On pensait qu'elles avaient trouvé leur place dans le biotope sans trop perturber les espèces locales. Mais, comme les requins au Brésil, certains barracudas ont été retrouvés dans des zones où les trafiquants jettent leur cargaison à la mer à l'approche des contrôles. Des analyses menées sur plusieurs individus repêchés ont révélé des traces de cocaïne, mais aussi de médicaments issus des rejets urbains. Nous pensons que ce cocktail chimique a pu modifier leur comportement. Ces poissons étaient devenus soudainement très agressifs. Certains de nos confrères en ont été les premières victimes...

Simon fronce légèrement les sourcils. Cette voix, il l'a déjà entendue, il en est presque certain, mais pas moyen de remettre le contexte. Toujours ce flou. Le symbole de l'ambassade romaine qui s'affiche sur l'écran, la louve capitoline, attire son regard ; c'est incroyable comme tout le ramène au loup. Il repense à ce que Du Vauvier lui a dit à propos de la louve... Mais toute son équipe semble attendre une intervention de sa part. Rima intervient pour combler le silence de son chef.

– Simon, des baigneurs sur la plage à Ostia ont aussi été attaqués. Pour l'instant, dix de nos ressortissants sont concernés. On va devoir y aller.

L'éthologue se propose d'accueillir l'équipe sur place et d'organiser des plongées si nécessaire. Elle dispose d'équipements conçus pour approcher les grands prédateurs, cages, cottes de maille et autres protections. A priori, ce n'est pas le rôle du ministère d'étudier les animaux responsables des carnages, mais vue l'ampleur de cette crise, cela pourrait en éviter d'autres.

La conversation en ligne est interrompue par la sonnerie du téléphone de Simon. C'est le secrétariat de la ministre : l'affaire doit être traitée en priorité, madame la ministre prévoit même un déplacement sur place. Simon déteste ces initiatives médiatico-politiques. Mais au moins, à Rome, il pourra rencontrer cette madame Lupera et satisfaire sa curiosité à son sujet. Il charge Rima d'organiser le déplacement et ils mettent fin à la visioconférence.

De retour dans son bureau, Simon baisse les stores pour atténuer la lumière aveuglante, puis s'affale dans son fauteuil. En ouvrant le tiroir des dossiers non traités, il découvre, posé en haut de la pile, un os qui ressemble étrangement aux restes de son repas de midi. Oui, c'est bien celui-là. Qui a bien pu le placer ici ? Il n'y a que deux personnes qui ont accès à cette pièce : lui et Rima. Mais il n'imagine absolument pas que cela puisse être sa collègue ; et puis, comment aurait-elle pu récupérer cet os, et dans quel but ?

C'est donc forcément lui. Cette envie subite de manger de la viande, puis de récupérer cet os pour le cacher dans son bureau sans même s'en rendre compte, cette soudaine frénésie au sujet des loups, au point de pleurer sur le sort de l'un d'eux... Serait-il en train de devenir fou ? Lui qui est terrifié à l'idée de ne plus maîtriser sa pensée, de ne plus être maître de lui-même, de perdre le contrôle... Sa mère est partie ainsi, sénile ; sur la fin, elle ne reconnaissait même plus son propre fils.

C'est peut-être génétique. Ça commence comme ça, on se sent une autre personne, on se met à faire des choses incompréhensibles. À quarante ans à peine, ce serait rude de déjà commencer à perdre la raison. Mais peut-être que sa solitude et la contrainte constante de devoir jouer un personnage le poussent vers la folie. Cette seule pensée le plonge dans une terrible angoisse, et il balaie rageusement tout ce qui se trouve sur son bureau.

Le vacarme a effrayé Rima, qui déboule dans la pièce. Elle trouve Simon en train de sangloter, le parquet jonché de ses affaires habituellement si bien rangées sur son bureau.

– Tout va bien ? glapit-elle, apeurée.

– Oui, Rima. Juste de mauvaises nouvelles personnelles. Ce voyage à Rome me changera les idées.

Elle referme la porte en tremblant. Depuis sa transition, la violence lui fait incroyablement peur... Le téléphone de Simon vibre. Sur l'écran, une photo accompagnée d'un message du préfet : « Et de une ! »

C'est la louve. Elle semble morte.

Chapitre 5

Le monde des humains

La louve est allongée dans la clairière qui borde le clan, un peu à l'écart des autres, qui sont juste à côté. Elle sent leur présence ; ça la rassure.

Elle n'est plus la bienvenue au sein du groupe depuis l'arrivée du nouveau mâle dominant. Son loup à elle est parti chasser il y a de cela quelques nuits. De temps à autre, elle lève le museau, cherche son odeur, ferme les yeux pour mieux se concentrer car celle des autres la perturbe. Surtout l'empreinte de ce jeune mâle, qui est maintenant le seul à pouvoir monter une louve et qui dégage donc une odeur puissante. Les jeunes femelles feraient tout pour avoir le privilège de s'accoupler avec lui. C'est vrai qu'il est fort ; lors des chasses, il a largement fait ses preuves, n'hésitant pas à s'attaquer seul à des proies bien plus grosses que lui.

Elle, elle ne reconnaît plus le clan. L'attitude à son égard a changé. Dès qu'elle s'approche d'un congénère, un grognement lui rappelle son exclusion. Elle n'a plus droit à la nourriture ramenée par les autres, et encore moins de participer aux chasses du clan. Elle va devoir se nourrir seule. Elle pourrait partager avec le vieux loup, mais il semble qu'il soit encore considéré comme un membre du groupe, puisqu'il est parti chasser avec eux et qu'il n'est pas encore revenu.

Elle décide de parcourir les alentours en attendant son retour. Elle trouvera bien un renard, une marmotte ou un bouquetin imprudent pour calmer sa faim. Elle perçoit justement la présence au loin de quelques proies qu'elle n'identifie pas encore à cause de la distance.

Au pas de course, elle se dirige vers la vallée. La lune éclaire les environs, les chemins habituels sont bien visibles. La fragrance du thym serpolet diffuse dans ce magnifique paysage nocturne une odeur douce et familière. Elle se couche un instant dans les herbes rases, cherchant du museau les proies senties quelques instants auparavant.

Elle repère un groupe de marmottes dans une tanière. Elles ne sont pas encore sorties de leur long sommeil d'hiver. L'une d'entre elles est proche de l'entrée de l'abri, la louve voit ses yeux clos, elle hiberne profondément.

La louve s'approche doucement, sans bruit, puis plonge rapidement sa gueule tout entière dans le creux. Elle ne parvient pas à attraper sa proie du premier coup car une pierre bloque le passage, et le trou est plus profond que d'après ses estimations. Le petit mammifère se blottit contre ses congénères en les réveillant, ce qui sème la panique. Les cris sont stridents, les animaux se défendent comme ils le peuvent. Ils griffent jusqu'au sang la truffe de la louve.

La douleur est vive, mais cela ne fait qu'accroître sa détermination. En poussant un grognement de rage, elle dégage avec son corps puissant la pierre qui lui bloquait le passage et, d'un coup de crocs, elle attrape et tue sur le coup sa cible initiale. Les autres marmottes, terrifiées, s'enfuient au fond d'une petite galerie.

La louve sort l'animal du trou. Elle prend son temps, déchiquette doucement le corps encore chaud. La marmotte n'est pas bien grasse au sortir de l'hiver, mais ça lui suffira pour tenir une ou deux nuits.

Sa truffe est couverte de sang, le sien et celui de sa proie. Quelques coups de langue parviennent à la soulager un peu. Puis, d'un pas lent, elle descend vers le lit de la rivière, en contrebas.

Là, elle plonge sa gueule dans l'eau glaciale. L'anesthésie par le froid est immédiate.

Elle perçoit encore les cris de terreur des autres marmottes terrées au fond de leur tanière. En passant devant leur refuge, elle lâche un aboiement, comme pour leur signaler que l'attaque est finie, qu'elle va poursuivre sa route.

En relevant la tête pour trouver son chemin, elle aperçoit, derrière la grande montagne, le mystérieux halo de lumière. Elle se souvient des grandes chasses avec le clan ; ils s'approchaient beaucoup de cet embrasement qui la rendait curieuse. Elle imaginait ce monde fait de chaleur douce, d'un feu qui ne vous brûle pas, un été permanent où la neige ne tombe pas. Un territoire où aucun loup n'était jamais allé, par peur, par crainte de la nouveauté ou par manque de curiosité. Peut-être que cet univers est riche en nourriture, que les loups qui y vivent se partagent les terres sans guerroyer, car la profusion amène toujours la paix, l'échange et la rencontre.

La louve est tiraillée entre l'envie de découvrir ce lieu et celle de remonter vers son clan pour attendre que le vieux loup revienne de sa grande chasse. Les autres vont probablement finir par accepter le changement de couple reproducteur, elle et son vieux loup trouveront une nouvelle place, celle des anciens dominants. Et puis, ils ont de l'expérience à revendre auprès du jeune mâle : il se rendra bien compte que les anciens sont toujours utiles au groupe.

Mais elle n'a plus envie de se battre pour se faire accepter. Elle n'a plus l'âge de se présenter auprès des siens la queue entre les pattes, la tête basse, de ne pas répondre aux morsures, de faire fi des grognements. Non, ça, elle l'a trop vécu lorsqu'elle était jeune.

Ses pensées sont interrompues par le hurlement du jeune mâle qui appelle à la chasse. D'instinct, elle a envie de répondre ; c'est toujours elle qui se faisait entendre après le premier des loups. Mais elle distingue déjà le hurlement d'une des femelles, celle que le jeune vaillant a choisie. Elle la reconnaît, c'est une de ses louvardes, sa propre fille. Les générations passent, l'une supplante l'autre.

Leurs hurlements ne sont pas aussi perçants que ceux qu'elle et son loup lançaient autrefois ; pas le même timbre, la même portée, la même intensité. Ils sont timides, on dirait des louveteaux qui ont grandi trop vite ; les autres clans vont rapidement comprendre que ces terres si prisées sont disposées à être conquises.

Elle attend patiemment qu'on la demande, car avant de partir chasser, on appelle toujours les absents. Mais il ne se passe rien. Elle ne manque à personne, pas même à son vieux loup qui, pourtant, est très certainement rentré entre-temps. Sa décision est prise. Elle peut partir découvrir sans regret le pays flamboyant, le clan fera sans elle. Peut-être qu'un jour, elle reviendra, que les montagnes qui l'ont vue grandir, les lacs et ruisseaux où elle a éduqué ses premiers louveteaux lui manqueront, mais, pour l'instant, elle doit partir.

Elle aurait tout de même préféré découvrir ce territoire avec son loup. Ils auraient pu affronter tous les dangers ensemble, chasser avec plus de succès, soigner les blessures du quotidien, mais il semble trop attaché à ses terres, même si elles ne lui appartiennent plus vraiment.

Dans une envolée presque inaudible, une petite chouette vient se poser juste à côté d'elle. Leurs regards se croisent, l'oiseau lorgne sur les restes de la marmotte que la louve porte encore dans sa gueule. Il ne reste que quelques minuscules os à ronger, et surtout des poils ; la Nyctale de Tengmalm doit être vraiment affamée pour s'intéresser à ce maigre repas. La louve le lui laisse ; elle mange juste pour se nourrir, pour tenir.

Depuis son départ du clan, elle est submergée par les émotions. La tristesse lui noue le ventre, et elle sait qu'elle est vulnérable à ces vagues de mélancolie. Un matin, les membres du groupe parti à la chasse étaient rentrés sans son loup, qu'ils n'avaient pas revu pendant de nombreuses nuits. Le petit clan était revenu avec les restes d'un grand cerf pour nourrir les louveteaux et elle, la femelle nourricière. S'attaquer à un grand cervidé est toujours risqué, elle a vu des loups dans la force de l'âge se faire terrasser à coups de sabots. Ce jour-là, une de ses louvardes avait d'ailleurs été blessée à sa patte avant droite, si bien qu'aujourd'hui encore, on pouvait la reconnaître à sa démarche bancale. Partie pour s'initier avec les loups les plus expérimentés, elle avait appris, à ses dépens, qu'il faut se méfier des grands cerfs. L'apprentissage de la chasse se déroule d'abord avec les petites proies, puis les choses sérieuses débutent. Pour s'attaquer aux cervidés ou aux autres grands mammifères, la collaboration et la coordination de la meute s'imposent. Cet apprentissage est le plus long, et peut-être ne se termine-t-il jamais vraiment.

Quant à son propre compagnon, il était porté disparu. Incapable de se nourrir ou de prendre soin de ses louveteaux, elle passait ses journées allongée dans la tanière, le cœur lourd et l'estomac noué par l'angoisse. Dès qu'elle avait senti son odeur, qu'elle avait été certaine qu'il était revenu, le poids du chagrin s'était envolé d'un seul coup. Il était rentré en piteux état, affaibli, affamé, assoiffé et grièvement blessé sur tout le flanc.

Elle doit se ressaisir, sans quoi elle mourra de mélancolie.

Son regard se porte sur la lueur orange. Son désir de découverte prend le dessus, dissipe peu à peu sa tristesse. Elle se remet en route à vive allure.

Les chemins défilent sous ses pattes musclées, elle ne s'arrête plus, dévale les pentes, grimpe les falaises sans reprendre son souffle, ne prête plus attention aux nouvelles odeurs qui pourraient pourtant la perturber. Le chant matinal des oiseaux, le ruissellement de la rivière l'accompagnent dans cette course effrénée vers l'inconnu.

Elle perçoit de plus en plus d'humains, mais aussi des troupeaux de vaches et de moutons accompagnés par des chiens ; assez agressifs, ces derniers défendent corps et âme les animaux grégaires. Il est impossible de communiquer avec eux. Dès qu'elle s'approche, ils aboient avec rage et n'hésitent pas à se ruer sur elle. Elle ne veut pas les affronter. Non seulement ils sont bien trop nombreux, mais en plus, ils agissent avec les moutons comme si ceux-ci faisaient partie de leur clan. Ce n'est pas le monde paisible qu'elle imaginait.

En entendant les espèces de loups signaler sa présence, un humain mâle est même sorti de sa tanière avec l'objet de feu et a déclenché un coup de tonnerre. Cela a redonné de la force et du courage à la louve pour poursuivre son chemin sans ralentir. Elle doit fuir cette terre violente où elle n'est vraiment pas la bienvenue, continuer la route ; plus loin, ce sera certainement différent...

Le soleil devient rasant, le paysage change radicalement.

Elle est maintenant entourée d'arbres fruitiers dont la plupart ont péri, accablés par la chaleur et le manque d'eau. Chauffés par le soleil brûlant, ils dégagent un parfum de canicule. Les prairies rectilignes entourées de fils infranchissables sont jaunes de sécheresse. À part quelques rapaces, les oiseaux sont rares, mais les tanières d'humains, elles, sont nombreuses. De temps en temps, des objets bruyants passent à toute allure sur les grands chemins noirs.

L'abreuvoir pour les chevaux lui permettra de se désaltérer. À son approche, les équidés craintifs hennissent, se dressent sur leurs pattes arrière, mais elle poursuit et lape toute l'eau possible tant qu'elle le peut. Le plus grand, paré d'une magnifique robe noire, tente de la faire fuir. Impressionnée par sa taille, la louve prend sa posture d'animal soumis, lui montre qu'elle est dominée, se couche même à ses pattes. Le bel animal reprend son calme, souffle vigoureusement comme pour démontrer sa force une dernière fois. Ils se sentent, nez contre truffe, et un pacte de non-agression ressort de ce contact olfactif.

Cet univers est déjà tellement différent de celui qu'elle a connu ; il est à la fois hostile et difficile à appréhender, mais aussi intrigant, avec ses bêtes étranges aux comportements déroutants.

Maintenant elle se dirige vers cette montagne qui semble surplomber la terre des humains, où elle pourra se reposer. Elle se pose dans l'herbe d'une prairie, tourne cinq fois sur elle-même, puis se couche sur son flanc droit, comme elle en a l'habitude. Avant de s'endormir, elle regarde le ciel. Ici, on ne voit aucune étoile ; seule la lumière orange enflamme l'atmosphère.

La nuit est hachée de rêves troublants ; les chevaux, les humains, les terres arides. Son loup blessé qui la cherche.

Voilà enfin le matin. Elle dévale la petite montagne pour se diriger droit vers ce qui semble être un monde d'humains, en prenant garde cette fois à ne pas se faire voir.

Et des humains, elle en perçoit beaucoup. Ils sont étranges. Aucun n'a l'air de chasser ni de chercher de quoi manger. Ils marchent lentement, se croisent sans se sentir. Parfois, ils aboient entre eux mais à leur façon, certainement pour communiquer ou pour revendiquer un territoire. Leurs odeurs sont changeantes, florales, musquées, acides, parfois même repoussantes.

Depuis son arrivée dans cet environnement étonnant, un parfum capte son attention. Il est omniprésent, et de plus en plus intense à mesure qu'elle progresse. Elle se rend compte que cette odeur émane d'une vaste étendue d'eau. Mais l'accès est difficile, il y a trop d'humains. Elle longe le rivage jusqu'à trouver un endroit où s'approcher. L'eau, salée, n'est pas agréable à boire. Des humains sont allongés sur le bord, comme des lézards en plein soleil. Encore une attitude nouvelle et bizarre ; décidément, ces populations sont vraiment à part.

Il faut qu'elle se nourrisse. Toutes ces émotions l'ont épuisée. Elle se souvient avoir aperçu de quoi apaiser sa faim, ici ou là ; parfois même des morceaux de viande étaient déjà prédécoupés, prêts à être avalés tels quels.

Elle retourne dans cet espace minéral qui auparavant grouillait d'humains errant sans but. Mais à présent, ce désert est enveloppé d'un silence surprenant. Les odeurs qui l'envahissaient ont disparu, laissant place à une fragrance on ne peut plus familière, celle de son loup. Il est passé par ici, elle en est certaine.

Elle n'a plus qu'une seule idée en tête : le retrouver. Complètement obnubilée, sa truffe cherche à toute vitesse un indice, une trace plus fraîche, plus précise. Elle oublie complètement ce qui se passe autour d'elle. Son cœur accélère, son esprit se noie dans une déferlante de dopamine. Ce territoire qui, seulement quelques instants auparavant, lui semblait hostile et fermé aux bêtes libres comme elle, se transforme en terrain de chasse pour retrouver celui avec qui tout prend sens, avec qui elle se sent louve. *La* louve.

La gueule en l'air, à l'affût du moindre signe, elle zigzague frénétiquement entre les objets des humains, comme un animal pris de folie.

L'odeur du mâle s'efface peu à peu. Plus elle le cherche, plus elle perd sa trace.

Épuisée par cette course vaine, effondrée, elle se retrouve dans une grande clairière minérale à la blancheur éblouissante. La chaleur est étouffante. La soif brûle sa gorge, le soleil est aveuglant, elle ne voit plus rien, elle ne sent plus rien. Elle discerne à peine le son d'un ruissellement d'eau, là, au milieu de cette atmosphère aride. D'instinct, elle se dirige dans cette direction, lentement, la langue pendante, les mouvements lents, le corps souffrant, mais l'horizon vacille, sa vision se trouble. Elle grimpe sur un petit obstacle pour éteindre le feu qui brûle en elle. L'eau âcre et irritante ravive la douleur de ses blessures à la truffe. Elle se désaltère, puis s'allonge comme une bête morte à l'ombre de cette source.

Son vieux corps n'est plus fait pour ce genre d'épreuves. Elle ne songe plus qu'à son loup. Sa respiration est rapide, presque agonisante. Perdue ici, seule, ses chances de survie sont quasi nulles, elle le sait. Mais c'est peut-être mieux ainsi ; finir hors du clan, rester digne, fière, ne pas apparaître comme une louve déchue.

Quelques oiseaux blancs aux fragrances de sel se posent à côté d'elle et la regardent d'un air curieux. Soudain, ils l'entourent et se mettent à chanter. Leurs cris sont forts, puissants, assourdissants. Mais que disent-ils ? Qu'ils pourront bientôt se repaître de sa chair ? Ils ne sont pas comme les corbeaux qu'elle connaît, ces éclaireurs fidèles qui ouvrent la peau des carcasses trop épaisses pour les loups. Ici, pas d'alliance. Pas de pacte.

L'idée de se faire dévorer vivante par des charognards lui donne l'élan nécessaire pour rassembler ses dernières forces et se relever. Les oiseaux s'écartent sur son chemin ; sans pour autant la craindre.

Derrière les volatiles, elle aperçoit des humains. Ils sont nombreux et portent des objets de feu, ils avancent vers elle en rang afin de l'encercler. Ce sera plus rapide avec eux. Elle se souvient de ses trois louveteaux tués d'un coup de tonnerre ; cela avait été immédiat, ils n'avaient pas souffert.

Fuir ne servirait à rien, et elle n'en a plus la force.

Les oiseaux s'envolent, sans doute effrayés par les assassins qui approchent ; leurs battements d'ailes, leurs quelques cris résonnent dans ce silence. L'endroit est maintenant complètement vide, la scène n'est plus qu'un duel joué d'avance.

Elle s'allonge, résignée. Les humains s'arrêtent à quelques pas d'elle. L'un deux aboie de manière brève, on dirait le mâle dominant du clan ; à coup sûr, comme chez les loups, c'est lui qui appelle à la mise à mort.

Elle pense à son loup, ferme les yeux, pose son museau sur le sol brûlant.

Un claquement survient, le monde s'évanouit.

Chapitre 6

Rome

Il est à peine midi lorsque l'avion atterrit sur le tarmac de Rome. Le vol, bien que court, a été mouvementé. Avec les secousses, Simon a senti revenir cette ancienne peur : celle d'un monde plus fort que lui.

Il est seul, le reste de l'équipe n'arrive que le lendemain. À sa sortie de l'aéroport, six hommes en costume sombre et des berlines l'attendent. Simon n'est pas étonné par ces mesures de sécurité. Il connaît les tensions qui entourent les mouvements transpécistes et animalistes en Italie. Le pays en a été l'épicentre. Né dans les milieux de l'extrême gauche italienne, le transpécisme s'est d'abord structuré comme une lutte antispéciste, héritée des combats contre les hiérarchies, les dominations et les frontières, y compris celles de l'espèce. Mais très vite, il a muté. Certains militants ont commencé à revendiquer une autre corporalité, une filiation non humaine. En quelques années, le mouvement est devenu plus radical, plus spectaculaire et parfois plus violent.

Les attaques de barracudas sont déjà sorties dans la presse. Les images de plongeurs et de baigneurs ensanglantés, diffusées immédiatement et en boucle sur tous les réseaux, ont rapidement alimenté les militants et accéléré la réaction des autorités. Simon a eu accès au rapport détaillé de la DGSE, qui conseillait au ministre des Affaires étrangères de renoncer à son déplacement. Cet avis l'exonère d'une visite ministérielle, ce qui aurait rajouté une couche de complexité inutile à cette crise.

Sirènes hurlantes et lumières clignotantes, le cortège de berlines fonce à vive allure en direction de l'ambassade de France, louvoyant au cœur des embouteillages monstres de la capitale italienne. Dans la voiture de Simon, l'atmosphère est tendue. Les deux agents de sécurité répondent à peine à ses questions ; ils sont uniquement chargés de le transporter sain et sauf de l'aéroport au palais Farnèse. Pour le reste, il verra sur place.

Seule la berline dans laquelle se trouve Simon entre dans la cour du palais. Les deux agents bondissent en même temps du véhicule, et l'un des deux lui ouvre la porte avec un « *prego* » très militaire. Une femme à l'allure particulièrement raffinée s'avance vers lui et lui tend la main.

– Ava Torques. Ravie de vous rencontrer – même si j'aurais préféré que cela se fasse dans un contexte plus heureux.

Simon est frappé par le parfum subtil qui émane de cette femme. Des notes marines. Difficile de lui attribuer un âge précis, sa posture et son assurance semblent duper les années. Il la suit dans un bureau majestueux, où de grandes fresques de la Renaissance racontent des scènes de batailles épiques. Le mobilier, bien que somptueux, fait ce qu'il peut pour exister face à la puissance de ces illustrations.

Simon ne veut pas perdre de temps, poussé par le besoin urgent de fuir ce qui s'est passé à Paris. Sa folie. Pendant que l'ambassadrice répond à ses questions, Simon ne peut s'empêcher de sentir les fragrances qui s'échappent du parquet, des vieux murs, le parfum de cette femme...

Soudain, depuis la pièce adjacente, une odeur familière le submerge. Ce parfum intime serre sa poitrine. Est-ce le souvenir de sa mère ou le symptôme de sa fragilité actuelle, signe de sa folie croissante ? Son regard perdu, fixé sur la porte, le trahit.

– Vous êtes amoureux, monsieur Verde ?

– Pardonnez-moi, je m'égare. Sans doute la fatigue du voyage.

– Ce n'est rien, monsieur Verde. Rome est une ville très spirituelle, elle peut faire perdre ses repères ! Allez vous reposer, votre hôtel est à deux pas. Nous nous verrons demain matin au palais Senatorio. La maire de Rome tient à ce que cette affaire soit gérée au plus vite. Nous avons déjà reçu des experts pour avancer et évaluer la situation.

Le service de sécurité accompagne Simon jusqu'à son hôtel. Une fois dans sa chambre, Simon range ses affaires avec précaution : chaque chemise, chaque pantalon, chaque sous-vêtement est plié impeccablement et disposé dans les étagères dédiées.

Mais il ne tient pas en place. Alors il sort, traverse la rue, s'engage sur la place. Il marche lentement, s'arrête un instant, s'appuie contre un muret, laissant son regard se perdre dans le mouvement des passants, touristes, travailleurs, hommes d'église...

Néanmoins, ce sont les perruches qui captent son attention. Leurs cris perçants couvrent tout. Elles monopolisent l'espace sonore.

Tout à coup, l'odeur dans le bureau de l'ambassadrice reparaît, discrètement. Un souvenir olfactif ? Simon relève la tête, cherche. Elle vient de la place. Là, une petite librairie. Quelques personnes devant la vitrine. Et au milieu d'elles, une femme.

C'est elle. C'est cette odeur. Ce parfum. Elle se retourne. Lentement, comme si elle l'avait senti, lui aussi. Le regard le frappe. Il se fige. Quelque chose se serre dans sa poitrine.

C'est Odetta. La fille qu'il avait laissée filer. Celle qu'il n'avait pas rappelée. Ses jambes lui semblent moins stables, son souffle plus court. Il la regarde. Elle est là. Vivante, présente. Irréelle.

La jeune femme s'excuse auprès des personnes avec qui elle discutait et s'écarte de la vitrine. Sans perdre du regard Simon, elle se dirige vers un coin un peu plus tranquille. Simon la suit, comme guidé par une force instinctive, animale. Elle s'arrête enfin, lui tourne le dos et attend qu'il vienne à sa hauteur. Simon, encore bouleversé par cette rencontre inattendue, cherche ses mots.

– Odetta... Quelle surprise de te voir ici...

Elle se tourne, maintenant face à lui.

– Tu te souviens seulement de mon prénom, ou tu as oublié mon nom de famille ?

Simon fouille dans sa mémoire puis murmure, presque pour lui-même :

– Je... je crois que je ne l'ai jamais su.

– Peut-être qu'à l'époque, tu ne faisais de la place pour personne dans ta vie.

Simon est déstabilisé. Odetta pose délicatement sa main sur son bras.

– Mon nom complet est Odetta Lupera. Tu comprends pourquoi je suis là, aujourd'hui ?

Ce contact physique perturbe Simon, dont les yeux s'embuent soudain.

– Mais... c'est toi, l'éthologue marine ? Je croyais que tu travaillais dans un centre de recherche à Paris.

– C'était le cas, oui. Mais je me suis réorientée vers ce que j'aime vraiment. J'ai enfin trouvé un poste qui me correspond. Maintenant, je suis spécialisée dans l'étude des grands prédateurs. Je suis basée à la station marine de Concarneau.

– Simon, j'ai beaucoup changé depuis cette époque. J'ai compris qui j'étais.

Elle jette un coup d'œil sur le petit groupe avec qui elle se trouvait.

– Tu as quelque chose de prévu, ce soir ?

– Euh... non.

– Alors, rendez-vous à 20 heures à l'*osteria* La Lupa. Facile, c'est sur la via della Lupa.

Elle retourne vers son groupe, le laissant planté là. Il la regarde s'éloigner. Son parfum flotte encore dans l'air. Simon ressent une envie irrésistible de se frotter à elle, de lui mordre le cou. Cette pulsion surprenante le dépasse.

Il lui faut un moment avant de percuter : le lieu de rendez-vous, La Lupa, « la louve »... Ce nom de restaurant va si bien à Odetta.

De retour à l'hôtel, il se plonge dans le travail. Pas question de passer pour un amateur face à Odetta. Mais la crise est complexe : de nombreuses victimes françaises, une interdiction stricte des activités subaquatiques, des délais serrés... D'expérience, il sait que les compétences requises pour gérer cette crise seront difficiles à mobiliser.

Il quitte l'hôtel à 18 h 30 pour le rendez-vous fixé par Odetta. Comme un pèlerinage, il passe par la petite librairie. Il s'arrête un instant devant la vitrine. L'endroit est vide maintenant, calme. Il ne sait pas ce qu'il attend. Peut-être une trace d'elle. Un reste de parfum. Un signe.

Il ne rencontre rien. Juste sa propre image, floue, dans la vitre.

Alors il repart, un peu plus lentement, vers la piazza Navona, où se dresse la fontaine des Quatre-Fleuves et son obélisque magnifique.

Il repense à cette rencontre. Odetta, ici. Et l'idée lui revient, brutale : la vie amoureuse est un leurre.

Malgré ses maints détours, il arrive devant le restaurant en avance. Il s'adresse en italien à un homme qui se tient près du porte-menu.

– Une table pour deux. Une femme a réservé, normalement.

– À quel nom ?

– Odetta Lupera.

L'homme sourit, s'interrompt même dans ses gestes et murmure dans sa barbe :

– Ahah, *la lupa.*

Puis, d'un ton plus fort, il lui désigne une petite table en terrasse.

– Installez-vous !

Simon ne boit jamais d'alcool, à part pour les grandes occasions, mais il commande exceptionnellement un cocktail à base de gin et de Campari. Il le boit d'un trait, comme s'il s'agissait d'un verre d'eau et qu'il mourait de soif. Les effets de la boisson alcoolisée sont immédiats ; désinhibé, il se sent fin prêt à affronter le regard d'Odetta.

Comme plus tôt dans la rue devant son hôtel, il perçoit son parfum avant de la voir. Les mêmes sensations le traversent, un mélange de douleur, de trouble et de joie. Il sent sa présence lorsqu'elle arrive derrière lui. Elle pose une main légère sur son épaule.

– Tu as trouvé facilement ? murmure-t-elle doucement.

Simon se trouve idiot, aucun mot ne sort de sa bouche ; il émet seulement une espèce de grognement, ce qui fait sourire Odetta.

– Il te reste encore du chemin, mon Simon, ajoute-t-elle en s'asseyant.

Se retrouver face à elle, à cette table, si proche, le bouleverse. Ce qu'elle dit. Ce qu'elle devine. Ce qu'elle semble déjà savoir de lui. Comme si elle lisait en lui, là où lui-même ne voit encore qu'un brouillard. Elle le fixe sans rien dire, ses yeux brillent, puis une larme glisse sur sa joue. Elle s'excuse en l'essuyant avec une serviette.

– Je suis désolée, ça n'a pas été facile pour moi non plus. Te voir comme ça, ça me replonge dans ces mois de doutes, d'incompréhension de mon entourage. Tout le monde me prenait pour une folle. Moi-même, d'ailleurs, je pensais avoir sombré dans la folie. J'ai consulté un psy. La vieille école, penses-tu donc, il m'a diagnostiquée schizophrène, avec tout le traitement qui va avec. En plus, tu sais bien que je fais confiance à la science. Faire le chemin inverse n'a pas été facile.

Simon ne comprend pas. Pourquoi lui parle-t-elle de folie ? Est-ce parce qu'elle pressent qu'il va finir comme sa mère à lui ? Il baisse les yeux vers sa serviette encore pliée.

– Ça se voit tant que ça, que je suis en train de devenir fou ?

Le serveur arrive avec une bouteille de vin. Sur l'étiquette, une louve romaine est dessinée. En débouchant la bouteille, l'homme lance avec un sourire complice :

– *La lupa !*

Odetta le remercie et lève son verre pour trinquer avec Simon.

– À ta non-folie, à ta transition !

Simon ne sait pas quoi répondre ni quoi faire, à part porter lui aussi son verre contre le sien.

– D'accord : à ma non-folie, à ma transition...

– Nous en reparlerons plus tard, Simon. Tu n'es qu'au début du chemin. Tu devras le parcourir seul, mais je serai là si tu as besoin...

Tout ce que vient de lui dire Odetta le bouleverse.

– De quelle transition me parles-tu ?

– Plus tard, répond-elle avec douceur.

La soirée se poursuit sans qu'ils n'évoquent à nouveau ce sujet. Puis Odetta insiste pour le raccompagner à son hôtel. Simon hésite. Il ne veut pas refaire la même erreur que quelques années plus tôt, lorsqu'il avait tenté de l'embrasser maladroitement. Mais cette fois, lorsqu'ils arrivent devant le bâtiment, c'est elle qui le prend dans ses bras, l'embrasse tendrement sur la joue et lui souffle :

– *Buonanotte, caro.*

Il reste là, immobile devant l'entrée de l'hôtel, la regardant s'éloigner. Alors qu'elle a déjà disparu au coin de la rue, il murmure doucement à son tour :

- *Buonanotte, cara.*

Le matin suivant, le réveil le surprend en plein milieu d'un rêve où Odetta le protégeait de barracudas assoiffés de sang. Simon, épuisé par ce sommeil non réparateur, se promet de prendre de vraies vacances, du repos. Il en a grand besoin...

Il est le premier arrivé au palais Senatorio. Devant l'imposant bâtiment, une superbe reproduction de la louve capitoline le frappe : une louve recueillant des jumeaux abandonnés, les fondateurs de Rome dont elle fait ses fils adoptifs. Encore une histoire de loups...

Soudain surgit dans l'air le parfum d'Odetta. Il ne la cherche plus du regard, il sait qu'elle arrive. Un « *ciao bello* » retentit, ce qui met Simon immédiatement de bonne humeur.

Un homme du protocole les accueille et les conduit à l'intérieur.

Dans le patio, une autre statue de la louve capitoline se dresse, cette fois-ci à hauteur d'humains. Simon et Odetta s'attardent sur cette réplique en bronze, ce qui attire l'attention de leur accompagnateur. À la manière d'un guide touristique, celui-ci leur conseille de toucher le museau de la louve pour leur porter bonheur. Odetta s'en amuse et accomplit le geste symbolique, tout en murmurant en latin à l'oreille de l'animal.

- *Lupa mater bella.*

« Belle maman louve »... Simon l'imite, tel un enfant appliqué. À force d'être caressée, la sculpture est usée, le museau est poli par les mains des nombreux visiteurs. Alors qu'Odetta et leur guide improvisé gravissent déjà les marches, Simon reste un instant absorbé par la truffe érodée de la statue. Il songe à tous ceux qui, avant lui, ont caressé cette louve, manifestant une forme de dévotion étrange à cet animal - ces mêmes humains qui, ailleurs, n'hésitent pas à la traquer et à la tuer...

Il n'a plus le temps de se perdre dans la contemplation de la statue : l'ambassadrice Ava Torques arrive sur la place, suivie de ses homologues allemand et espagnol, venus représenter les victimes de leur pays. Simon et Odetta les aperçoivent de loin, puis entrent dans la petite salle d'attente attenante où ils doivent patienter avant la réunion. En passant devant la porte vitrée, Ava Torques leur adresse un signe de la main chaleureux. Les dignitaires, eux, sont accueillis en grande pompe par la maire de Rome, avec tout l'apparat diplomatique attendu. Les regards se font protocolaires.

Depuis qu'Odetta l'a rejoint, Simon ressent au fond de lui une douleur intense. Il flotte dans un nuage d'émotions. Il tente de se concentrer. De retrouver un peu de professionnalisme, malgré le chaos intérieur.

Mais ses pensées dévient sans cesse vers une autre idée qui le tourmente : le vieux loup. Que lui est-il arrivé ? Du Vauvier est-il parvenu à ses fins ? Et cette louve, que faisait-elle en plein centre-ville ? Y avait-il tout un clan ? Il faudra qu'il raconte cette étrange rencontre à Odetta. Elle qui est éthologue, elle pourra certainement l'éclairer...

Les personnalités sortent du salon, l'air grave, et prient les conseillers de les rejoindre dans la salle Arazzo. La pièce est décorée par de superbes objets d'art datant de la Renaissance. Simon et Odetta sont invités à s'asseoir face à une magnifique tenture. La réunion s'ouvre par les présentations de chacun, mais la maire de Rome porte une attention particulière à Odetta. Elle espère probablement que cette dernière apportera des solutions rapides pour rouvrir les plages et les centres de plongée, un enjeu pressant pour la ville. Cependant, pour les représentants étrangers, la priorité est évidemment autre ; il est avant tout question de la prise en charge des victimes dans les hôpitaux romains et de leur rapatriement.

Odetta explique qu'il faut absolument aller étudier les nouveaux comportements des barracudas afin d'éviter que cela ne se reproduise - ou au moins pour permettre de prévenir au maximum ces attaques. Un conseiller de la maire d'un âge avancé propose alors d'éradiquer ces « prédateurs », mais ses propos provoquent un tollé général. Personne ne veut revenir à ces pratiques archaïques. Les erreurs commises au cours des décennies précédentes ont suffisamment prouvé que cela ne faisait qu'aggraver les déséquilibres écologiques, déclenchant des réactions en chaîne désastreuses.

Tandis que les débats se poursuivent, Simon se perd dans la contemplation de la tenture. Dans un coin, il remarque encore une autre représentation de la louve capitoline nourrissant les jumeaux. Elle paraît presque épuisée, son comportement empreint d'une profonde abnégation.

Ava Torques et Odetta finissent par remarquer que Simon est perdu dans ses pensées. L'ambassadrice, d'un signe du regard, demande à l'éthologue de le sortir de son état léthargique. Dans quelques instants, ce sera à lui d'intervenir pour son pays. Odetta, très délicatement, prend le poignet de

Simon, se penche à son oreille et lui demande si tout va bien, ce qui le ramène immédiatement à la réalité.

Une vague de lucidité le submerge. Il doit absolument se ressaisir. Il n'arrête pas de se laisser emporter par des pensées troublantes depuis sa rencontre avec le loup. Par la suite, revoir Odetta a éveillé en lui des émotions qu'il n'avait jusqu'alors jamais connues. Il se sent démuni, incapable de se maîtriser. Et puis, il y a cette histoire de transition... Tout allait bien, avant. Du moins, c'est ainsi que Simon se le remémore. Il était un homme respecté. Un professionnel reconnu pour sa fiabilité, son inventivité, sa capacité à gérer, avec une précision redoutable, les crises du ministère. Il s'en souvient comme d'un autre temps. Un temps où il se sentait à sa place.

Simon se redresse soudainement sur sa chaise, lance un regard glacial à Odetta, puis, lorsque son tour de parole arrive, il se tourne vers l'assemblée.

– Merci à toutes et tous de participer à cette réunion de crise. Madame la Maire, nos chargés du rapatriement se rapprocheront de vos services pour s'assurer que nos ressortissants blessés soient pris en charge dans les meilleures conditions. J'invite nos homologues espagnols et allemands à en faire de même.

Il marque une pause. Sa voix se fait plus ferme.

– Nous remercions également les services italiens pour l'accueil réservé aux familles des victimes. Votre aide nous est précieuse. Concernant les plages et les sites de plongée, nous en confions l'exploration à Mme Lupera, qui vous transmettra un rapport d'évaluation détaillé des risques d'une réouverture dans les prochains jours.

Le silence qui suit est glacial. Odetta ne bouge pas, ne le regarde pas. Son visage s'est fermé ; elle n'était pas au courant. Il vient de l'envoyer seule plonger là-bas. Là où les barracudas ont attaqué. Dans la salle, les regards changent. L'ambassadrice italienne fronce les sourcils, un murmure passe du côté allemand. Tout le monde comprend : c'est une mise à l'épreuve. Ou une mise en danger.

Simon garde les yeux fixés sur ses notes. Il se veut professionnel. Rationnel. Mais en lui, quelque chose durcit. Il lui en veut, inconsciemment. Parce qu'elle a déjà franchi le cap. Parce qu'elle parle de cette transition comme d'un chemin lumineux. Et lui, il n'en veut pas, de ce chemin. Il s'accroche encore à l'ancien lui.

– Monsieur Verde, certains de nos ressortissants ont été lourdement blessés lors d'une attaque en France. J'imagine que vous êtes au courant de cette histoire ?

Simon acquiesce d'un hochement de tête. L'homme continue.

– Nos services se sont rendus sur place et ont rencontré quelques difficultés d'ordre… disons, logistico-technique. Pourriez-vous vous assurer que les services français leur facilitent la tâche ?

– Bien sûr, répond Simon avec spontanéité. D'ailleurs, je connais très bien la région. Je m'y rendrai personnellement dès demain avant de rentrer à Paris. Vous pouvez compter sur moi.

L'Allemand lui adresse un sourire empreint de gratitude. La maire de Rome, déjà accaparée par ses conseillers, clôt la réunion en se levant. En rassemblant ses affaires, Simon remarque une tache de gras sur son dossier, ravivant en lui le désagréable souvenir de cet os étrange trouvé dans son bureau.

Odetta est déjà en train de partir. Il ne sait pas pourquoi, mais il lui en veut. Comme si elle était responsable de tous ses troubles de ces dernières semaines... Il se lève à son tour, salue par des regards et sourires formels les personnes présentes pendant la réunion, repasse devant la louve au museau usé. Il soupire ; toutes ces superstitions autour de la sculpture sont vraiment ridicules.

Dehors, Odetta l'attend et tente de l'interpeller, mais Simon continue son chemin en l'ignorant. Tout ce qu'il ressent, ces émotions étranges au fond de lui, il doit les occulter. Il se force à redevenir celui qu'il était il n'y a pas si longtemps - c'est tout ce qu'il veut.

- Simon ! crie Odetta dans son dos, avec cette voix qui envoûte toujours autant Simon. À quoi penses-tu ? Tu en veux à la Terre entière de ton état, c'est ça ? Je suis passée par là aussi. Après ça, tu prendras conscience que tu ne fais que te rapprocher de ta véritable identité. Tu n'es pas un cas isolé, tu sais...

Simon, exaspéré, la repousse d'un geste vif.

- Mais quoi, Odetta ? C'est quoi, ces histoires de transition ? Je deviens quoi, un loup ? Un chien ? Ou peut-être un coyote, tiens, pourquoi pas ? J'aime bien les coyotes ! Mais regarde-moi ! Je n'ai ni les crocs, ni le poil ! Ce ne sont que des modes, des prétextes pour ceux qui sont perdus dans leur vie ! Mais moi, je vais très bien. Je sais qui je suis !

Il tourne brusquement les talons, laissant Odetta derrière lui.

Elle reste figée, submergée par la tristesse et la compassion. Après quelques secondes, elle finit par se retirer discrètement. Elle trouve enfin un coin reculé, à l'écart de la place. Elle se redresse, et là, dans un élan désespéré, plus animal que jamais, Odetta pousse un cri déchirant, celui d'une louve qui vient de perdre son compagnon.

Chapitre 7

Persécution

La rencontre avec l'humain lui a redonné espoir. Peut-être peut-il l'aider. Peut-être même sait-il où se trouve sa louve.

Il le sent. Cet être a l'apparence d'un homme, mais quelque chose en lui rappelle le loup. La communication est possible. Pourtant ses semblables le traquent. Comment leur échapper ? Ici, il n'y a aucun arbre, aucun creux rocheux où se réfugier. Les chemins se succèdent, tous identiques ; le sol noir fait d'une matière étrange est bordé de parois abruptes, infranchissables, derrière lesquels les humains semblent avoir fait leurs tanières.

Certains humains ont des senteurs qui diffèrent de leur odeur corporelle. Peut-être est-ce pour tromper les rivaux, pense le loup. Cela lui donne une idée : aller se frotter au thym des montagnes pour mieux approcher les proies.

En attendant que ceux qui le traquent s'éloignent, il trouve de quoi s'abriter et se cacher pour se reposer un peu dans un amas de restes de nourriture à l'état de putréfaction. Il en profite pour se rassasier avec quelques morceaux qui ressemblent à de la viande, des racines molles et des fruits trop mûrs.

Il n'a toujours pas trouvé sa louve.

Ne voyant plus d'humains à sa recherche, il retourne à son point de départ, l'endroit où il a senti une trace d'elle. Le grand chemin, qui juste avant grouillait d'humains, est désormais désert. Il perçoit au loin une agitation : des humains se battent. Sans doute deux clans qui s'affrontent pour ce territoire.

Le loup se rapproche pour mieux observer la scène. Doucement, il longe les parois minérales. Il aperçoit une tanière ouverte et s'y glisse. L'espace est étroit, sombre, l'odeur des humains y est omniprésente. Mais au fond, il entrevoit un passage. Il s'y engage, cherchant un recoin où se cacher. Depuis cet abri, le loup peut observer la scène. Certains humains sont chargés d'émotions, de rage, de colère et semblent capables de tout. Quelques-uns encore, comme l'humain-loup rencontré plus tôt, ont une apparence humaine mais une attitude lupine. Ceux-ci, bien décidés à se battre, font preuve d'un courage encore plus grand face aux nombreux adversaires.

Soudain, des coups de tonnerre émis par les objets de feu résonnent dans ce grand espace vide. Une humaine-louve se jette au visage de l'un des hommes ; le vieux loup est impressionné par sa force et son ardeur. Elle lui rappelle sa louve, toujours prête à affronter n'importe quel combat – même ceux qui semblent perdus d'avance.

Dans une course effrénée, le groupe de combattants se dirige maintenant droit vers un homme. Le loup le reconnaît par son odeur : c'est l'humain-loup, celui avec qui il a échangé tant d'émotions au cours de leur dialogue silencieux.

Un des mâles, submergé par la violence, certainement le reproducteur, lui aboie dessus. L'humain-loup est terriblement effrayé. Le loup sent sa peur, sa transpiration exhale l'effroi. L'humain-loup ne doit pas être celui qui dirige le clan, il est soumis - certainement un mâle parti de son groupe à la recherche d'une femelle avec qui il pourra partager sa vie.

Lorsque le loup décide de sortir de son abri pour s'en approcher, les combattants sont saisis par leurs adversaires et poussés violemment dans ces grandes carcasses qui ressemblent aux objets bruyants.

Puis, l'homme-loup est rejoint par un autre homme. Ce dernier porte une odeur particulièrement forte. Il semble vouloir jouer avec l'homme-loup, ou le séduire. Les comportements de ces humains sont parfois très étranges ; leurs interactions n'ont rien à voir avec celles des loups.

Les deux humains se dirigent maintenant vers une espèce de tanière. Instinctivement, le loup a envie de les suivre, comme il le ferait avec une proie. Mais, prudemment, il se terre, attendant que les humains sortent de cette étrange cache. Sa patience est récompensée. L'homme-loup finit par émerger. Il semble lui aussi en quête d'une trace, peut-être l'odeur d'une femelle ou de nourriture ?

L'homme-loup s'installe sur une pierre au milieu du grand chemin. À part quelques petits volatiles, l'endroit est vide, silencieux. C'est le moment. Le vieux loup s'approche sans bruit. Ses pas sont calculés, ses mouvements furtifs.

À quelques mètres de lui, le loup trottine doucement pour se faire remarquer, puis s'immobilise avant de se coucher. Il se met en position de soumission, le regard tourné vers l'homme-loup. En silence, il capte quelque chose : de la douleur, profonde et lourde. Un lien invisible s'établit entre eux, un échange muet qui dure quelques instants. Le loup se sent compris ; il est maintenant convaincu que cet humain l'aidera.

Il s'éclipse avant que les autres humains, ceux qui le traquent, ne les atteignent. Déjà, il perçoit au loin leurs cris, ces voix synchronisées qui s'élèvent en cadence, tentant de rabattre leur proie. Il connaît cette technique ; il les a vus, ces humains, chasser en forêt avec cette méthode. Ils traquaient les grands cerfs et leur nombre suffisait pour faire plier les plus imposantes proies.

Arrivé au détour d'une paroi imposante, le vieux loup s'immobilise brusquement. Quelque chose capte son attention. Une odeur. Un marquage. Aussitôt, il oublie la menace des hommes qui le pourchassent. Sa louve. Elle est là, toute proche.

Il suit la trace en trottinant. Mais déjà la piste devient de plus en plus incertaine ; elle le conduit vers une vaste étendue d'eau, un lieu étrange qui ne ressemble à rien de ce qu'il connaît. Des humains errent, tandis que des nuées d'oiseaux blancs tournoient dans le ciel.

Le loup progresse. Il longe quelques arbres dispersés le long d'un large chemin, toujours guidé par cette odeur, maintenant à peine perceptible, presque évanescente, qui le mène tout droit au rivage.

Mais soudain, les oiseaux qui planaient tranquillement autour de lui commencent à se poser. L'un d'entre eux s'approche, presque trop près, il cherche à attirer son attention. Un autre, dans un mouvement brusque, le frappe d'un violent coup de bec sur le flanc. La douleur est vive, inattendue. En un instant, tous se jettent sur lui, l'assaillent de toutes parts. Il ne s'était jamais méfié des oiseaux, seulement des rapaces qui parfois s'en prennent aux jeunes, mais jamais à un adulte. Désorienté, blessé, il tente de se défendre, mais leurs coups se multiplient. Son sang commence à couler, et il sent ses forces le quitter.

C'est alors qu'un bruit assourdissant comme un coup de tonnerre retentit. Les oiseaux, paniqués, s'envolent d'un seul élan et laissent le vieux loup meurtri, le corps couvert de plaies. Il vacille, ses pattes tremblent. La tête basse, haletant, il lutte pour ne pas s'effondrer.

À travers sa vision troublée, il aperçoit une silhouette humaine. Un homme se tient là, un bâton de feu à la main. C'est un colosse, sans doute un chef de clan. Il s'approche, sa voix est étrangement douce, presque apaisante. Il produit des sons avec ses pattes avant, des grands claquements répétés. Le vieux loup comprend qu'il lui fait signe de s'en aller.

Il retourne à l'endroit où la trace de sa louve était certaine.

Sur le chemin, il aperçoit un gros rongeur, sans doute un rat, mais d'une taille qu'il n'avait jamais vue, on dirait presque une marmotte. Le rongeur lui fait face, droit, bloquant son passage comme le ferait un prédateur.

Le loup, déjà désemparé par l'attitude des oiseaux d'ici, se méfie. Que veut-il ? Le rongeur n'a pas peur, bien au contraire, il se dresse en émettant un cri strident. Le loup sent une présence derrière lui et se retourne, découvrant des dizaines d'autres rats, tous de la même taille, tous aussi impressionnants. Déjà blessé et affaibli par l'attaque des grands oiseaux, il sait qu'il n'aura pas la force de combattre ces étranges animaux. Les oreilles couchées, le poil hérissé, ses crocs luisant sous ses babines retroussées, il tente de forcer le passage. Le premier rat, sans doute surpris par cet intrus inhabituel dans ces terres, se résigne à le laisser passer.

Mais la scène a attiré l'attention des humains, autant effrayés par le loup que par la horde de rats. Le chaos s'installe. Les humains crient, aboient entre eux, courent dans tous les sens, pris de panique. Profitant de la confusion, le vieux loup s'échappe, se glissant à travers la foule terrifiée.

Ce monde est décidément bien étrange. Pourquoi sa louve a-t-elle voulu s'y rendre ? Que cherchait-elle ? Et que comptait-elle trouver parmi les humains ?

À présent, il court sans plus chercher à se dissimuler. De toute façon, les humains se font plus rares.

Épuisé, blessé par les becs des oiseaux, il aperçoit enfin quelques arbres, de l'herbe verte, des buissons hauts. Cela lui rappelle un peu chez lui.

Il trouve un petit arbuste et s'y glisse, puis commence à soigner ses blessures avec application.

Un répit. Peu à peu, il s'assoupit et plonge dans ses rêves. Il voit sa louve, si belle, si forte, si unique. Elle le cherche désespérément, hurle sa peine. Puis surgissent les oiseaux blancs, leurs becs pointus s'abattent sur elle. Il ne parvient pas à la défendre, il est paralysé. Le spectacle de sa magnifique louve blessée à mort le déchire. En plein sommeil paradoxal, sa complainte est sonore, son gémissement s'entend dans tout l'espace boisé.

Soudain, l'odeur d'un autre être le réveille. Un autre loup, ou un renard. Mais voilà que cette créature lèche ses blessures. Le vieux loup s'éveille totalement et découvre un être étrange, une sorte de loup, mais plus petit, noir et blanc. C'est l'une de ces bêtes que les humains chérissent tant. Elle est là, à ses côtés, elle lui panse ses plaies avec délicatesse. C'est une femelle. Son regard reflète une douceur troublante.

Elle s'interrompt un instant en le voyant se réveiller, puis reprend ses soins. Le vieux loup, apaisé, se laisse faire. Dans ce monde inconnu, si hostile, si mystérieux, il a tant besoin de réconfort.

Un sifflement émis par un humain fait se figer l'espèce de petite louve. Ses oreilles se dressent en direction du signal. Elle se relève, hésite, puis trottine au loin, disparaissant aussi vite qu'elle est apparue.

Quelques heures plus tard, il se réveille à nouveau. C'est la nuit. L'obscurité est son domaine ; il sait qu'elle n'appartient pas aux humains. Dès que le crépuscule s'installe, ils se font plus rares, incapables d'y voir clair, presque privés d'odorat.

Il connaît leur faiblesse, pour avoir été traqué et s'être échappé à plusieurs reprises – invisible et insaisissable, bien que tout près d'eux. La capacité de déjouer une traque humaine est un savoir précieux, transmis de génération en génération. Lorsqu'il était jeune, son père, avec toute la meute, l'avait conduit près du territoire des humains. Ce jour-là, la chasse s'était transformée en poursuite. Ils s'étaient retrouvés traqués, offrant ainsi une leçon cruciale aux jeunes : comment échapper à ce danger omniprésent. Se dissimuler, non pas en se fiant à l'odorat comme ils l'auraient fait par instinct, mais en trompant la vue des humains, parfois en se cachant littéralement sous leur nez.

Lorsque les espèces de loups apprivoisés étaient de la partie, la tâche se compliquait. Ces bêtes domestiques, avec leur flair presque aussi aiguisé que celui des loups, rendaient la fuite beaucoup plus périlleuse. Mais la nuit était un atout maître. Dans l'obscurité totale, les humains étaient presque aveugles, et même leurs fidèles animaux ne voyaient pas aussi bien dans les ténèbres.

Par la suite, le vieux loup avait lui-même transmis cet enseignement vital à ses jeunes, lorsqu'ils atteignaient l'âge de quitter la meute.

La nuit est donc le moment idéal pour reprendre la piste de sa louve sans attirer l'attention. Il retourne à l'endroit de sa dernière rencontre avec ce mystérieux humain-loup. Son flair le guide.

Une nuée de chauves-souris surgit des caves, des toits, des parkings. Elles sont si nombreuses qu'elles obscurcissent le ciel entre les parois rocheuses. Leurs cris stridents résonnent dans l'air, un sifflement perçant, presque insupportable pour le loup. Elles se déplacent à une vitesse fulgurante, fendent l'espace, laissant derrière elles une pluie de fientes qui s'écrasent sur le sol.

L'air devient lourd, irrespirable. Une odeur âcre et forte envahit les alentours, une menace invisible que le loup perçoit d'instinct. Il cherche un refuge pour échapper à ces animaux exclusivement nocturnes, aperçoit une ouverture dans laquelle il s'engouffre. L'endroit est encombré d'objets humains, mais pour l'heure, tout est figé. Le silence y règne, seulement troublé par le souffle régulier d'une chose en métal froid qui expulse un vent chargé de relents de guano. L'odeur le repousse, il s'en écarte.

Il se couche sur la pierre froide, ses sens en éveil, incapable de trouver le repos dans cet environnement minéral. Tout ici lui est étranger. Son regard se fixe sur la sortie, point d'ancrage dans cette obscurité. Malgré tout, épuisé par la douleur de ses blessures et la fatigue accumulées, il s'endort profondément.

Un bruit sourd le réveille. Un humain pénètre dans l'une de ces choses étranges qui peuplent l'endroit et l'objet se met en mouvement. L'odeur de l'humain et celle du jour s'infiltrent à nouveau. Le loup comprend que la nuit est passée. Le soleil est déjà haut. Il se redresse, ses muscles tendus et fatigués, sort de sa cachette. Le moment est venu de reprendre sa quête. Rien ne pourra l'en détourner : retrouver sa louve est la seule chose qui compte.

Tout est semblable à la veille. Les humains déambulent, lancent quelques aboiements entre eux, leur brouhaha envahit l'espace sonore. L'air est lourd, impossible de flairer quoi que ce soit ici. Les parfums artificiels se mêlent aux odeurs des humains, étouffant toute piste. Il devra chercher sa louve autrement. Il la connaît mieux que quiconque ; il doit juste reprendre là où il a perdu sa trace, puis en déduire le chemin qu'elle a pris. La tâche est ardue en raison de la nécessité de se fondre dans ce lieu étranger sans se faire repérer.

Ses yeux se posent sur les autres animaux, il observe leur comportement. Là-bas, les mêmes oiseaux blancs au bec acéré qui l'ont attaqué la veille tournoient dans le ciel. Ont-ils repéré une proie, ou un autre loup ? Ils semblaient s'y intéresser…

Les grands chemins bordés de parois minérales se vident à nouveau. Puis des voix, au loin, surgissent du côté où les oiseaux ont disparu. Il s'avance prudemment. Devant lui, un espace rocheux baigné d'une chaleur écrasante. Le soleil brûle, l'air est étouffant. Une source d'eau crachote comme une petite rivière. Il hésite, se demande s'il pourrait s'y désaltérer. Mais ses yeux captent une scène derrière la source. Des humains armés de bâtons de feu avancent en rang, comme des loups en chasse. Il cherche du regard la victime traquée, mais la source masque sa vue. Il se décale, espérant apercevoir la proie.

Son cœur s'arrête. Le monde vacille sous ses pattes tremblantes. C'est elle. Sa louve.

D'un bond, il s'élance et court aussi vite qu'il le peut, prêt à se jeter sur ces humains, même s'il doit y perdre la vie. Mais avant qu'il ne parvienne à l'atteindre, un claquement sec retentit, résonnant comme un coup de tonnerre.

C'est fini.

Les humains entourent la louve immobile. L'un d'eux, vêtu d'un pelage blanc, se penche sur elle, touche doucement son cou et échange quelques grognements avec les autres. Deux autres soulèvent sa louve avec précaution à l'aide d'un objet en bois.

Invisible et impuissant, il observe de plus près ce pelage contre lequel il s'est si souvent blotti.

Mais il aperçoit un léger mouvement. Le souffle du ventre qui se soulève.

Chapitre 8

Retour à Toulon

À Toulon, l'atmosphère a changé. Tout semble suspendu, dans une attente à la fois lourde et fragile. Comme une veille de tempête. « Les attaques de goélands sont devenues quasi quotidiennes. » « Les rats ne craignent plus les humains ; il y en a maintenant qui déambulent à découvert en plein jour. » « Il paraît que les chauves-souris répandent leurs fientes dans tout le centre-ville… »

Comme prévu, dès son retour, Simon contacte le représentant de l'ambassade allemande pour coordonner le rapatriement de leurs ressortissants et optimiser leur prise en charge dans les hôpitaux de la région.

Le rendez-vous se déroule dans l'enceinte de l'hôpital militaire, où les patients les plus atteints par l'attaque des barracudas sont en soins intensifs. Une infirmière indique à Simon que son homologue est au chevet d'une des victimes et qu'il lui faudra attendre dans le couloir. À travers une vitre, il aperçoit une femme alitée. Un respirateur artificiel souffle de l'air dans son corps inerte. Les machines participent toutes à l'ambiance sonore : des bips, des alarmes, des pulsations, qui résonnent dans le silence oppressant.

Près du lit se tient un homme en costume, certainement le diplomate qu'il doit rencontrer. À ses côtés, une femme à la longue chevelure blonde tient tendrement la main de la patiente. Des larmes glissent le long de ses joues, et pourtant, elle arbore un sourire paisible. Simon détourne le regard et s'installe dans le couloir. L'air est saturé d'une odeur de désinfectant, tranchante, âcre et acide, comme une barrière invisible contre toute vie microscopique. Autour de lui, le personnel hospitalier s'active. Certains soignants sont dans un état de panique assez évident. Est-ce l'ambiance habituelle, ou la situation est-elle réellement aussi alarmante ?

L'homme en costume sort enfin de la chambre, l'air grave. Il s'adresse à Simon avec un accent germanique marqué.

– Vous êtes bien Simon Verde, du ministère ?

– Oui, je ne voudrais pas être malvenu... Si vous préférez, je peux repasser plus tard.

L'homme lui tend une carte de visite.

– Non, ce ne sera pas long. Mais si jamais... Tenez, voici mes coordonnées.

Tandis que l'homme retourne auprès de sa ressortissante, Simon se rassoit dans le couloir, la carte de visite entre les doigts. L'image de cette femme agonisante sur son lit d'hôpital ravive en lui le souvenir de l'ordre qu'il a donné à Odetta : plonger avec les barracudas. Bien qu'elle soit familière de ce genre de défis, l'agressivité de ces grands prédateurs est nouvelle. Un profond remord l'envahit. Il a soudain envie de l'appeler, d'annuler cette mission dangereuse et inutile. Qu'est-ce qui lui a pris ? Pourvu qu'il ne soit pas trop tard.

Néanmoins, qu'elle lui parle de sa « transition », comme si c'était simple... comment est-il censé composer avec ? Doit-il forcément devenir comme ceux qu'il a vus changer d'identité ? Rima, maintenant antilope, qui vit la nuit et se nourrit essentiellement de bourgeons... Il y a Olivier aussi, un ami proche ; jusqu'à ce qu'il fasse sa transition, du moins...

Un matin, lors de leur traditionnel café du dimanche près du marché Monge, il lui avait annoncé qu'il n'était plus humain, mais renard. Il avait ensuite décidé de quitter Paris pour l'est de la France avec sa petite famille, dans une zone rurale où nombre de ses « congénères transespèces », comme il les avait appelés, s'étaient installés. C'était plus simple pour lutter contre les mesures administratives de régulation des renards, encore en vigueur en France métropolitaine. Olivier avait ensuite plongé dans l'activisme écologique, lui qui, bien avant sa transition, était déjà actif dans de multiples ONG dédiées à l'environnement.

La lutte des transespèces de l'est de la France s'était intensifiée et avait gagné en violence. Olivier et les autres s'en étaient pris aux chasseurs et aux lieutenants de louveterie mandatés par l'État pour réguler les renards. Ils avaient construit des pièges. Ils étaient même allés jusqu'à enduire les portières des voitures de parasites porteurs de l'échinococcose alvéolaire, une maladie transmise par les renards, mortelle pour ceux qui en ignorent les premiers signes. Huit chasseurs en étaient morts, dix autres avaient survécu avec de lourdes séquelles. Ça avait été la première lutte meurtrière des transespèces. Les militants avaient ensuite disparu dans les forêts vosgiennes, insaisissables. Tout laissait penser qu'Olivier était parti avec eux.

Simon pensait parfois à lui, et il s'étonnait encore que son ami ait pu sombrer dans une telle violence.

Une femme en blouse blanche surgit du fond d'un couloir, pressée et visiblement inquiète, et se dirige droit sur lui :

– Monsieur, nous appliquons désormais le protocole sanitaire d'urgence. Les visites sont suspendues immédiatement.

Un peu pris au dépourvu, Simon tente d'expliquer sa mission, mais elle l'interrompt immédiatement.

– Vous pourriez être le ministre en personne que ce serait pareil. C'est aussi pour votre sécurité. Un foyer épidémique a été détecté en centre-ville, nous accueillons de nombreux patients, tous très contagieux. Encore les chauve-souris...

À travers la vitre de la chambre, Simon fait signe à son homologue : il est obligé de s'éclipser, il le recontactera. Il obtient un hochement de tête en guise de réponse. De toute façon, cette visite avait juste pour but de lui signifier sa présence et de lui faire savoir que Simon s'occupait bien de ses ressortissants.

Il s'éloigne vers la sortie de l'hôpital où le personnel, encore plus agité, enfile masques et protections bactériologiques dans la précipitation. Cette effervescence le ramène aux premières épidémies mondiales qu'il a traversées au ministère, des désastres récurrents, tous marqués par la même fébrilité. Chaque crise épidémique possédait son propre chaos : les foyers d'infection se multipliaient et les gens, épuisés par des protocoles sanitaires toujours plus lourds, finissaient par se rebeller, réfractaires aux consignes…

Dehors, il essaie de joindre Odetta à plusieurs reprises, en vain. Soudain, elle lui manque, terriblement. Il se résout alors à lui écrire, tâtonne sur son portable, hésite, efface, réécrit, pour finalement n'envoyer que quelques mots : « Si ce n'est pas trop tard, ne plonge pas. J'ai besoin de te voir, de me faire pardonner. Tout change, tout m'échappe. Je t'en prie, excuse-moi. » Son cœur se serre. Il se sent vide, creusé par ce manque.

Le silence autour de l'hôpital contraste avec l'agitation qu'il vient de quitter. Quelques mésanges chantent, chacune défendant son territoire par des envolées mélodieuses. Ce combat minuscule, suspendu dans l'air, l'apaise. Simon s'imagine un instant allongé dans l'herbe, sous les arbres, cherchant refuge dans cette musique simple, loin de tout le tumulte de la ville.

Il tente de se rappeler la dernière fois où il s'est réveillé reposé, prêt à affronter le monde. Aujourd'hui, il est épuisé, comme si tout l'atteignait trop profondément. La moindre odeur, le moindre bruit le traversent avec une intensité puissante.

L'odeur forte de l'herbe coupée le ramène brusquement en arrière, aux dimanches d'été de son enfance, quand le bruit de la tondeuse de son père perçait le silence du matin. Il respire le parfum du cyprès où les mésanges s'affairent, ce mélange de résine et de bois fumé avec une touche de poivre et de pin ; il le sent comme s'il avait le nez dessus. Il y a là quelque chose de vieux, de presque sacré. Ces sensations le désarçonnent et elles l'ancrent en même temps, comme si elles le liaient au monde autour de lui.

Et si Odetta avait raison ? Et si tout cela faisait partie de sa métamorphose ? De sa transition ? Et s'il devait devenir un loup dans un corps d'homme, à quoi devrait-il renoncer ?

Pour l'instant, il repousse ces pensées pour se recentrer sur sa mission et les raisons pour lesquelles il se trouve ici, à Toulon. Il est censé faciliter le travail de son homologue allemand, organiser un rendez-vous avec le préfet pour régler les formalités. Mais la vraie raison qui l'a poussé à accepter cette mission sans hésiter, il commence à se l'avouer… c'est le loup. Il ne sait pas pourquoi, mais il doit le retrouver, lui venir en aide. Peut-être que ce loup cherche un refuge. Simon prend conscience qu'il est, lui aussi, en quête de paix, de quelque chose qui le ramènerait vers ce qu'il a perdu. Peut-être que leurs quêtes se ressemblent, qu'elles sont deux faces d'une même errance.

Simon s'engouffre dans un taxi en direction du centre-ville. Du Vauvier, complètement débordé par les événements, n'a trouvé qu'un créneau lors d'un point presse ; il ne pourra lui accorder que quelques minutes, mais ce sera largement suffisant.

Dans l'habitacle, la radio grésille en diffusant alerte sur alerte. Deux journalistes débattent, s'interrompent, leur excitation perce à chaque mot. Ils évoquent la « révolte animale », cette étrange vague d'insurrection qui accapare les écrans et les ondes, s'infiltre dans les conversations, pèse lourdement sur l'atmosphère. Les journalistes ont opté pour un ton théâtral : les mots sont répétés, les silences étudiés, comme les tragédiens d'une ère crépusculaire. Ils insistent sur « révolte globale ». La mise en scène agace Simon – ce goût malsain pour les catastrophes. Mais son attention se tend d'un coup en entendant la suite : « Nous apprenons à l'instant que, malgré l'interdiction formelle de toute activité nautique, de nouvelles attaques de barracudas ont été signalées aux abords de Rome. Silence total du côté des autorités romaines. Il semble que la révolte animale nous échappe, et que nos dispositifs de sécurité soient incapables de contenir ces attaques meurtrières… »

Les mots glacent Simon jusqu'à la moëlle. Il sent une sueur froide lui descendre le long du dos. Frénétiquement, il retente de joindre Odetta, encore et encore, sans succès.

Le taxi le dépose enfin. Devant lui, Du Vauvier, entouré d'une meute de journalistes, esquisse un sourire narquois en le remarquant du coin de l'œil. Il termine sa conférence de presse, tête haute, avec une ironie à peine voilée.

– Mesdames et messieurs, porteurs de nouvelles d'un monde en pleine métamorphose, sachez que nous mettons tout en œuvre pour assurer la sécurité de nos concitoyens. En ce qui concerne les chauves-souris, tout est sous contrôle. Je remercie nos services sanitaires, d'un professionnalisme et d'une réactivité exemplaires, pour la gestion rigoureuse de cette crise. Par ailleurs, les dispositifs d'effarouchement mis en place portent leurs fruits. Quant aux barracudas, bien que leurs attaques coïncident avec celles observées à Rome, il s'agit d'un épiphénomène, sans aucune coordination entre les animaux. Enfin, je me dois de confirmer la présence d'un loup aperçu sur nos plages. Les images que vous avez vues sont bien réelles : l'individu, identifié comme étant Ange Barzano, a sauvé le loup d'une attaque de goélands. Cependant, il n'était ni autorisé ni qualifié pour intervenir ainsi auprès de la faune sauvage, surtout en ces circonstances. Il sera entendu et sanctionné conformément à la loi. Pour rappel, il est strictement interdit d'interagir avec la faune sauvage sans autorisation. Merci de votre attention.

L'information sidère Simon. Cet Ange qu'il connaît si bien serait intervenu pour sauver le loup... son loup ? C'est à peine croyable. Sans perdre une seconde, il s'écarte et compose le numéro. Ange décroche. Sa voix habituellement si forte est calme, presque chuchotée.

– Dis-moi, je te dérange ? demande Simon.

– Mon ami, jamais tu ne me déranges ! Mais, là... je me suis mis dans une drôle d'histoire. Paraît qu'on me voit en boucle sur les réseaux et dans tous les journaux du coin ! Moi, tu me connais, j'adore ça, m'afficher !

Il finit sa phrase en riant et reprend.

– T'as vu passer l'affaire, non ?

– Oui, c'est justement pour ça que je t'appelle. On peut se voir ?

– Dès que ces messieurs m'auront libéré et qu'ils m'auront allégé de quelques centaines d'euros, je suis tout à toi. C'est pour le boulot que tu m'appelles ? Ce loup t'intrigue, hein ?

– Pas vraiment pour le travail... mais je t'expliquerai. Moi aussi, je suis dans une drôle d'histoire. Tu pourrais m'aider à le retrouver ?

– Qui, le loup ?

– Oui, le loup.

– J'aimerais bien savoir tout de suite pourquoi tu veux retrouver ce satané loup, mais ça vaut sûrement la peine que tu me l'expliques en face. Enfin, oui, les loups, je sais les pister en montagne. En ville, c'est autre chose, mais j'ai le flair !

– Alors, tu veux m'aider ?

– Dans deux heures, viens me chercher au cabanon. Et amène des bonnes chaussures. Elles cavalent, ces bestioles !

Simon raccroche, soulagé. Il ne sera pas seul dans cette histoire. Il sent le regard du préfet peser sur lui. Tout en échangeant avec des journalistes, Du Vauvier lui jette des coups d'œil insistants. Simon s'approche et le préfet saute sur l'occasion pour se sortir de la conversation en cours.

– Monsieur Verde ! Toujours un plaisir d'échanger avec vous. Alors, en quoi puis-je vous être utile ? Les barracudas, les Allemands, ai-je bien saisi ?

Simon hésite à lui poser des questions sur le loup de but en blanc, mais il se retient.

– Oui, c'est bien ça. Même si je sais qu'entre les loups et les épidémies dues aux chauves-souris, vous avez d'autres chats à fouetter. (Il lui tend la carte de visite de son collègue allemand.) Ce diplomate est ici pour ses compatriotes. Il veut s'assurer que nos services les prennent bien en charge, ou organisent leur rapatriement. Il semble avoir rencontré quelques difficultés administratives. Pourriez-vous lui faciliter la tâche ?

– Mais bien sûr, considérez cela comme réglé. Je vais transmettre l'information à mon assistante dans les plus brefs délais. Soyez tranquille, j'y veille personnellement.

Simon profite de l'ouverture pour tenter la question qui le taraude.

– Et ce loup... la photo. Avez-vous réussi à neutraliser l'animal que vous cherchiez ?

Le préfet redresse le menton.

– En effet, nous l'avons neutralisé. Mais, précisons-le tout de suite, ce n'était pas le loup que l'on cherchait initialement, mais une femelle. Nos experts supposent qu'ils étaient ensemble ; un couple, peut-être même un clan, qui sait ?

À peine a-t-il fini de parler qu'une journaliste l'interpelle avec une question sur la « révolte animale ». Simon en profite pour s'éloigner et part rejoindre Ange au cabanon.

Devant la maisonnée, le sol est couvert de coquillages, de restes de crabes. Un petit muret en pierres sèches délimite la terrasse. Simon aperçoit Ange dès son arrivée, affairé à réparer sa porte d'entrée.

– Toi, toujours à bricoler ! lance Simon.

Ange se retourne, amusé.

– Ah, si c'était que ça ! T'as entendu parler des suprémacistes humains, toi ?

– Ces fous furieux qui militent pour la « supériorité humaine » ? Les espèces de cinglés qui s'en prennent aux transespèces et aux animalistes ?

– Oui, ceux-là... Ces décérébrés ont fracassé ma porte et volé quelques bricoles. On n'est pas sortis de l'auberge, mon ami !

Il abandonne sa réparation et se redresse avec un grand sourire.

– Mais passons, ils ne valent vraiment pas la peine qu'on en parle. Prêt pour la chasse au loup ? Tu sais, ce loup n'a pas l'air d'être comme ceux que j'ai pu pister jusque-là. C'est un beau vieux mâle, d'un sacré gabarit ! Il a un regard incroyable ! Je dirais même, presque humain !

Simon acquiesce en baissant la tête et se fige quelques instants. Puis, d'un mouvement de la main, il invite Ange à entamer leur marche, prêt à se mettre en chasse.

Ils s'engagent sur une piste qui monte jusqu'aux hauteurs de la ville. Simon se résout à se confier ; il raconte sa rencontre avec le loup, ses doutes, ses certitudes. Il parle d'Odetta, et même de sa crainte de découvrir qui il est vraiment. Ange l'écoute en silence, puis lui tapote affectueusement l'épaule, un sourire empathique aux lèvres, avant de lui raconter sa propre transformation.

Quelques années plus tôt, il s'est mis à changer et est peu à peu devenu pieuvre. Ça a commencé avec son alimentation : il ne pouvait plus manger de viande ou de légumes, et ses menus se sont mis à comprendre uniquement des ormeaux, des coquillages et des crustacés qu'il pêchait lui-même. Il ne sortait plus, passait de plus en plus de temps chez lui. Tout comme les pieuvres, qui rejettent leurs déchets devant leur tanière, il laissait les restes de ses repas devant sa porte. Il s'est également mis à tout toucher, y compris le visage des gens, reléguant sa vue au second plan.

Puis il a rencontré une femme dont il est tombé fou amoureux. Elle avait vécu exactement la même chose que lui et sa maison ressemblait plus à une tanière de pieuvre qu'à un foyer d'humains. Mais entre eux, rien de physique ne se passait. Un jour, elle lui a confié son projet de vie :

aller jusqu'au bout de son changement, devenir pieuvre. Elle disait qu'Ange était sur la même voie. Mais pour se réaliser entièrement, elle devait avoir des enfants et leur consacrer toute sa vie, puis mourir dès qu'ils seraient capables de se débrouiller seuls. Elle lui a expliqué qu'elle arrêterait de se nourrir et s'éteindrait paisiblement, comme les pieuvres. Ange avait alors compris ce qui l'attendait s'il poursuivait sur ce chemin : il mourrait, lui aussi, juste après avoir assuré sa descendance. Et il n'était pas prêt. Il ne pourrait pas lutter contre cette transformation, mais il ne voulait pas mourir aussi tôt ; il aimait trop la vie. Un jour, oui, il aurait des enfants et se laisserait porter par son destin, celui d'être pieuvre, celui de mourir pour les siens. Mais pas maintenant.

Pour Simon, l'idée de perdre Ange est insoutenable et il éclate en sanglots. Ange le serre dans ses grands bras, quelques larmes coulent aussi. Puis il murmure :

– Ne t'en fais pas. Les amis, c'est autant ce qu'ils ont été que ce qu'ils seront. Et puis, bon sang, je n'ai pas encore revu ma promise ! Qui sait, elle en a peut-être trouvé un autre, et je finirai comme un vieux poulpe solitaire !

Il sourit, les yeux brillants de larmes.

– On n'a pas l'air de deux idiots, là, à chialer au milieu de la forêt ? Allons plutôt chercher ton loup !

Cette énergie, cet appétit de vivre réchauffe Simon. Qu'est-ce qu'il aurait voulu être comme Ange.

À peine se sont-ils remis en marche que Simon repère une trace du loup : des excréments sur une pierre comme marquage. Simon ne sait pas pourquoi, mais il reconnaît cette odeur ; il sait que c'est le loup qu'il a rencontré. Il devine même le chemin qu'il a pris. La nuit tombe, mais Simon insiste pour continuer, persuadé qu'ils touchent au but.

Soudain, un hurlement déchire le silence de la forêt. Simon fait signe à Ange de ne plus faire un bruit, tend l'oreille à ce cri qui résonne, presque comme un appel. Les yeux écarquillés, il murmure :

– Ce n'est pas possible...

– Quoi ? réplique Ange. On cherche ton loup, on le trouve !

– Non, ce n'est pas lui, répond Simon avec assurance. Ce n'est pas le loup.

À cet instant, le téléphone de Simon vibre violemment. Ça tombe vraiment mal, mais il a un pressentiment. Il ignore le regard réprobateur d'Ange et consulte le message. Son cœur s'arrête, le regard fixé sur l'écran, entre surprise et incrédulité.

– Alors ? souffle Ange. Qu'est-ce qui se passe, mon Simon ?

– C'est... Odetta, annonce-t-il, les yeux soudain illuminés d'un bonheur immense.

Ange pousse un soupir de soulagement, se moque un peu de Simon en raison de ses mines angoissées et l'interroge.

– Et alors ?

– Elle va bien, elle arrive, elle me rejoint... Elle me pardonne.

Tout sourire, il range son téléphone et dit à son ami :

– Ce n'est pas le vieux loup qu'on a entendu. J'en suis sûr.

– Peut-être pas ton loup, mais un loup, j'en mettrais mes ventouses à couper !

L'expression fait sourire Simon. Il hoche la tête, incitant Ange à reprendre la marche. Ils suivent la piste, lente ascension vers le sommet du mont toulonnais, le Faron, à travers les ronces, les branches mortes et les broussailles épaisses. Ange finit par s'arrêter.

– Tu sais où on va, là ? Je ne voudrais pas dire, mais le cri venait aussi de cette direction.

– Ça fait des années que je ne suis plus venu ici...

– On se dirige vers l'un des derniers zoos du monde. Enfin, ce qu'ils appellent maintenant un « centre de reproduction des espèces menacées ». C'est curieux qu'il soit encore debout, d'ailleurs, après tout ce temps et tous ces combats. Même ton pote... le renard... comment il s'appelle déjà ?

– Olivier ?

– Oui, Olivier. Il avait monté toute une opération pour libérer les animaux. Ça avait fait grand bruit. Tu parles, un lion dans les rues de Toulon, c'est pas tous les jours qu'on voit ça !

En y pensant maintenant, Simon regrette un peu cette époque où il vivait sans se poser de questions, comme paré d'œillères protectrices vis-à-vis des autres, protégé de leurs histoires, de leurs problèmes...

Ils finissent par apercevoir le grillage du centre. Un autre cri résonne, fort, perçant et triste. Ange lui jette un regard, comme pour confirmer ce qu'il avait dit plus tôt. Simon hausse les épaules avec un petit sourire en coin, acceptant ce silencieux « je te l'avais bien dit ».

La piste s'arrête net, juste avant la route qui les sépare du grillage. Il observe autour de lui.

– Le loup que je cherche s'est arrêté ici, lui... ou alors, il a pris la route, et ça ne laisse pas beaucoup d'od...

Il s'interrompt. Sur une branche morte, quelques poils du loup. Ange s'avance pour les toucher, pour mieux les percevoir à sa manière, mais Simon l'arrête d'un geste.

– Non, Ange, c'est sa trace. Il les a laissés là, sûrement volontairement. Pour qui, je ne sais pas... peut-être pour ses congénères.

Ange se tourne vers Simon.

– Alors, toi, tu en es un, de congénère ?

Ange s'aperçoit que Simon ne l'écoute plus, il est à quatre pattes, le regard fixé en direction de l'autre côté de la route, comme un chien de chasse qui marquerait l'arrêt, immobile et imperturbable. Il tourne juste la tête pour s'adresser à Ange et lui dit à voix basse :

– Ange, merci beaucoup de m'avoir accompagné jusqu'ici. Je t'en serais éternellement reconnaissant. Celui que je cherchais est là, juste à quelques mètres. Je ne peux pas te l'expliquer, mais je pense que tu me comprendras. Je dois m'y rendre seul, il m'attend. Tu pourrais transmettre à Odetta l'endroit où je suis ?

– Simon... tu es sûr ? Tu veux que je te laisse seul, dans cette forêt, en pleine nuit ?

– Ne t'inquiète pas, je suis chez moi, ici. Merci pour tout, pour ce que tu es, pour ton aide, pour avoir été là.

À quelques mètres, Ange aperçoit des yeux qui brillent dans le noir – un regard qui, dans d'autres circonstances, aurait été menaçant. Il esquisse un sourire, satisfait d'avoir été là pour son ami.

– À bientôt, Simon. Tu sais où me trouver si tu as besoin. Et je ramènerai Odetta ici.

Pendant un instant, il suit du regard Simon, qui s'éloigne et traverse la route, comme une ligne qu'on ne franchit qu'une fois. Ange sait qu'il ne reverra sans doute jamais son ami. En tous les cas, pas celui qu'il a connu. Dans la pénombre, il devine encore sa silhouette avançant vers le loup. Il les imagine, d'abord face à face puis, comme deux fantômes, s'avançant vers la forêt.

Un hurlement s'élève, le même que celui qu'ils ont entendu plus tôt. Une autre voix répond, rauque, puissante. Puis, une troisième plus hésitante. Ange n'a aucun doute : cette dernière, c'est Simon. Figé sur place, il écoute l'échange, ce chant qui efface les frontières entre espèces animales.

Ému, il murmure, presque pour lui-même, avant de repartir :

– Sois prudent, mon Simon. *Longo mai moun bèu loup !*

Longue vie, mon beau loup…

Chapitre 9

La louve enfermée

La louve s'éveille péniblement. Elle a du mal à ouvrir les yeux. Le monde autour d'elle n'est que brouillard. Des sons, des odeurs lui parviennent, confus, intenses, entremêlés – humains pour certains, animaux pour d'autres. Elle distingue mal, tout lui paraît lointain. Ses derniers souvenirs remontent au moment où les humains la visaient avec ces bâtons de feu, au bruit sec qui a tout interrompu ; puis ça a été le vide.

Elle pensait partir pour le monde du grand sommeil, pour rejoindre ses louveteaux endormis pour toujours. Après que les humains s'en étaient pris à eux, elle n'en avait retrouvé qu'un seul. Le plus fort des trois. Il était encore vivant mais respirait à peine. Toute une nuit, elle l'avait veillé, le léchant sans relâche, cherchant à refermer la plaie. Mais à l'aube, son corps était froid. Elle avait continué à en prendre soin, refusant de croire qu'il était parti. En vain. Au bout de longues heures, elle l'avait finalement abandonné derrière elle et s'était tournée vers la tanière, espérant encore y revoir les deux autres. Cette nuit-là, elle avait hurlé, longtemps, jusqu'à l'épuisement, appelant dans l'obscurité ceux qui ne viendraient plus.

Quand les humains l'ont visée avec leurs objets de feu, elle a cru que c'était son tour de rejoindre le monde du sommeil perpétuel. Mais non, elle sort juste d'un sommeil profond provoqué par les humains.

Elle commence à y voir plus clair. Autour d'elle, une terre sèche, battue par le vent. Un arbre maigre, un rocher solitaire, un petit point d'eau, et partout des barrières en métal. Elle veut se lever, fait une tentative, mais elle s'effondre. Une autre ; patte après patte, elle s'élève enfin.

Le sol poussiéreux est saturé de l'odeur des humains. En relevant la tête, un autre parfum l'assaille, celui d'un prédateur immense. Elle ne le voit pas, mais il est là. Elle capte sa respiration, lourde et régulière. De l'autre côté des barreaux, un fauve à la crinière flamboyante, un animal majestueux comme elle n'en a jamais vu. Elle pousse un cri, un appel. La force de la nature la fixe un instant, puis détourne la tête, ses paupières se ferment dans un mouvement lent et il pousse un grognement sourd.

Prise de panique, elle arpente son enclos, cherche une issue. Il n'y en a pas. À bout de souffle, elle lève une dernière fois le museau pour lancer un ultime appel.

Et là, elle le sent. L'odeur. Celle de son loup. Tout près.

Sa poitrine se serre, entre espoir et douleur. Elle l'appelle, portée par une ferveur désespérée. Quelques instants s'écoulent, qui lui semblent durer une éternité, et la réponse vient enfin.

Son loup est là. Il est venu. Elle bondit contre les grillages, aboie, racle le métal, prête à tout pour le rejoindre. Puis un autre hurlement surgit. C'est une voix étrangère, un mâle qu'elle ne connaît pas. Pourtant, elle devine qu'ils sont ensemble.

Son vieux loup est revenu. Elle n'a jamais douté de lui. Jamais il ne l'aurait abandonnée. Il n'est pas seul, il a trouvé un compagnon sur sa route. Son loup, celui qui rassemble, toujours. Une force qui fédère. Pendant son âge d'or, tous étaient prêts à le suivre jusqu'au bout, que ce soit pour une chasse, pour défendre le territoire ou pour n'importe quelle raison. Tous prêts à donner leur vie si c'était lui qui les guidait.

Elle scrute les buissons, guettant le moindre frémissement dans les feuillages. Ses yeux, pourtant aiguisés pour capter chaque mouvement même dans la nuit, ne voient rien. Elle hurle encore, un cri pour le guider. Il répond, mais il est encore loin.

Un bruit métallique la fait sursauter. Derrière elle, deux humains entrent dans l'enclos. Ils ont entendu ses cris et avancent à présent, des bâtons de feu à la main, parlant dans une langue qu'elle ne comprend pas. Leurs voix sont douces, presque apaisantes, mais leur odeur les trahit. C'est celle des tueurs, celle des humains qui ont massacré ses petits ; une odeur restée gravée dans sa mémoire.

Elle sait qu'elle n'a nulle part où se cacher. Elle va se battre. Leur présence la remplit de rage : ils l'empêchent de rejoindre son loup. Elle n'a pas peur. Elle montre les crocs, retrousse ses babines, prête à bondir. Prête à tuer.

L'un des humains recule et disparaît, revient avec une carcasse de mouton qu'il jette à ses pieds. Puis ils quittent l'enclos en claquant la porte. Le bruit métallique résonne dans la nuit. Elle s'approche de l'animal mort, le renifle, mais ne mange pas ; elle n'a ni confiance dans ces hommes, ni l'appétit pour quoi que ce soit.

Les deux humains, derrière la grille, fixent maintenant un point dans la nuit. Elle suit leur regard. C'est son vieux loup. Grâce à sa vision nocturne, bien plus aiguisée que celle des humains, elle distingue parfaitement la scène, même à une dizaine de mètres. Les hommes échangent des grognements rapides, s'agitent avant de s'éloigner, pressés, presque fuyants. Elle les observe partir comme des proies maladroites dans l'obscurité. Son loup la fixe, et ce regard silencieux la bouleverse. Elle donnerait tout pour le rejoindre, courir à ses côtés, parcourir leur territoire, affronter les dangers ensemble, partager une tanière, se blottir contre lui pour survivre au froid. À sa surprise, un humain se tient à ses côtés. Bien que ce ne soit pas un loup, il en a l'allure. Son regard, sa posture, ses gestes, son hurlement... Il dégage une force animale. Dans ses yeux brillent à la fois la détermination, la force, mais aussi la fragilité et la peur.

Son vieux loup et l'humain-loup entendent les bruits des tueurs qui viennent dans leur direction. Son loup lui adresse un dernier regard, comme pour lui dire : je vais te sortir de là. Puis ils disparaissent sans un bruit dans la forêt.

Chapitre 10

Odetta

Aujourd'hui, la mer dort, lisse comme un miroir. Pas un souffle de vent, juste le frémissement des nageurs qui osent défier les essaims de méduses.

Cette rare sérénité apaise Odetta. Elle en avait besoin. Depuis son dernier message, Simon n'a plus donné signe de vie. Rien, hormis ce rendez-vous fixé par un certain Ange, près des plages. Le message est bref : « Bonjour, je suis Ange, un ami de Simon. Il m'a demandé de vous emmener là où je l'ai laissé. Si cela vous convient, RDV à l'anse Mistral, demain à 9 heures. »

Elle a répondu aussitôt qu'elle viendrait, puis n'a reçu aucun retour. Pas plus d'Ange que de Simon. Ce matin, arrivée bien avant l'heure, elle a erré autour des plages, traversée par une étrange nervosité. Puis, lasse de tourner en rond, elle s'est assise à la terrasse d'un café. À chaque gorgée, elle relit le message, cherche à percer le mystère qui se cache forcément derrière ces mots dépouillés.

Soudain, des cris la font sursauter. Sur l'autre plage, au loin, des goélands sont en train de s'attaquer à des mouettes, mais aussi à des humains. Rien ne semble pouvoir échapper à leur vindicte. Ils fondent sur leurs proies en meute, certains de leur supériorité. Les baigneurs s'arment de bâtons pour riposter face aux assauts en piqué.

Tout semble basculer. Comme si les non-humains osaient défier les règles imposées par les humains. Comme s'ils avaient compris, percé leur fragilité. Les êtres humains non plus ne sont pas invincibles.

Tout semble avoir basculé.

Au milieu de ce théâtre violent, elle aperçoit sur la plage une promeneuse, qui jusqu'ici lançait un bâton à son chien, au moment où une nuée de goélands fond sur son animal. Par miracle, la femme parvient à le récupérer avant l'assaut. Le chien, placide, n'a rien vu du danger, aveugle à tout sauf à la panique de sa maîtresse. Odetta est frappée par cette image. Les chiens sont devenus tellement proches de l'humain qu'ils semblent tout ignorer de la violence animale qui monte, aussi déconnectés que ceux qui les tiennent en laisse.

Un homme s'approche d'elle au milieu de ce chaos. Ange. Ça ne peut être que lui. C'est un grand gaillard, gauche et visiblement pas à l'aise dans son corps trop grand, mais son visage est d'une douceur rare. Il a comme des yeux d'enfant, emplis d'une sincérité presque gênante.

– Vous êtes Odetta, n'est-ce pas ? Simon m'a tellement parlé de vous. Je vous aurais reconnue entre mille !

Elle se redresse.

– Ange, alors... Vous allez m'emmener voir Simon. Comment va-t-il ?

Ange esquisse un sourire embarrassé. La réponse n'est pas facile. Il demande d'un geste si elle lui permet de s'asseoir. Elle acquiesce. Il s'installe et commence à parler.

Chaque mot qu'il prononce retient toute l'attention d'Odetta. Elle l'écoute comme si sa vie en dépendait - c'est un peu le cas, à vrai dire. Il lui parle de sa rencontre avec le vieux loup sur la plage, de l'interrogatoire au commissariat, de la pression des médias. Les autorités traquent le loup, prétendant qu'il ne craint plus les humains et représente un danger pour eux.

– Simon l'a rejoint. C'était comme un rendez-vous qu'ils se seraient fixé... Après, ils ont disparu ensemble dans la forêt. Je vais t'emmener là-bas.

En écoutant son récit, Odetta sent en elle une tornade d'émotions. La peur d'abord, suivie d'une joie étrange. Simon a quitté son identité d'humain, comme elle, pour devenir ce qu'il portait en lui depuis toujours. Pour être loup. À présent, le seul sentiment qui l'habite est une impatience dévorante, celle de retrouver Simon, enfin.

Au contraire, elle va devoir se montrer patiente. La préfecture a bouclé tout le périmètre. Elle a tout de même de la chance : Ange connaît bien le secteur, ce qui leur permettra d'éviter les barrages à la nuit tombée.

Puis elle lui raconte sa métamorphose en louve, ces années de doute, de souffrance, l'isolement que son entourage lui a fait subir. Sa vie professionnelle n'a pas été épargnée non plus. Mais elle a tenu bon, parvenant à trouver l'équilibre entre les deux mondes.

Elle lui parle de ce désir tenace d'abandonner tout ce qui a constitué son existence d'humaine pour vivre sa vie de louve loin des villes. Depuis qu'elle a revu Simon à Rome, tout s'est éclairé. La vie a fait se croiser leur trajectoire.

Maintenant, Odetta ne pense plus qu'à trouver une tanière à leur taille, dans la forêt. Pour Simon et elle.

Ange lui raconte son histoire en retour. Sa vie de pieuvre, ses peurs, cette angoisse de la mort. Mais plus encore, ce besoin viscéral d'aller jusqu'au bout, de devenir vraiment ce qu'il est. Il en sera capable un jour ; pas maintenant, il n'a pas assez vécu. Odetta est profondément émue. Elle connaît bien les pieuvres ; elle a plongé si souvent pour les observer, passant des heures entières en leur compagnie, au point d'en faire l'objet de sa thèse. Odetta comprend à présent l'amitié que Simon ressent pour Ange. Elle la partage entièrement.

Après un bref passage au cabanon – ou plutôt la tanière d'Ange –, le duo se prépare à gravir le mont Faron, éclairé seulement par la lumière de la lune. L'un pour retrouver un ami, l'autre, un amour. La marche est longue jusqu'à la lisière de la forêt. Les maisons se font peu à peu plus rares, avant de tout à fait disparaître. Ils avancent en silence, comme deux vieux amis qui n'ont plus besoin de mots, juste de regards, parfois d'un sourire.

Les barrages des gardes se dessinent, mais ils les contournent sans difficulté. Le calme est presque total, seuls leurs pas brisent le silence, le craquement des branches mortes et le froissement des feuilles rythmant leur progression. Ils chuchotent quelques mots pour se guider.

Soudain, une lampe éclate dans l'obscurité et des cris se font entendre. Les gardes les ont repérés. Ils se mettent à courir. Derrière eux, des chiens aboient, hurlent. Le souffle court, ils trouvent refuge dans le creux d'une rivière asséchée. Mais les bruits des traqueurs se rapprochent.

– Vas-y, monte, murmure Ange, les yeux agrandis par la panique. Retrouve-le. Moi, je vais détourner leur attention. Avec mon abonnement au commissariat, ils ne seront pas surpris de me voir ici. File. Et embrasse Simon pour moi.

Odetta ne réfléchit pas. Elle serre Ange dans ses bras, très fort, comme pour lui dire à quel point elle est heureuse de l'avoir rencontré, et qu'elle espère sincèrement le revoir. Puis elle s'élance.

Elle suit le lit sec de la rivière. Son regard reste fixé sur le sommet. En arrière, les aboiements des chiens s'éloignent peu à peu, mais elle reconnaît la voix d'Ange qui hurle comme s'il se faisait plaquer au sol. Odetta s'arrête, hésite à faire demi-tour. Mais revenir ne servirait à rien, sinon à réduire à néant le sacrifice d'Ange. Une colère sourde monte. Elle s'en nourrit pour gravir les derniers mètres de dénivelé.

Elle aperçoit d'autres gardes qui patrouillent autour du sommet. Leurs lampes balancent des faisceaux tranchants à travers les arbres. Elle se faufile derrière un tronc, silencieuse comme une louve. Ils n'ont pas son odorat, ni son ouïe, alors elle en profite. Tapie, elle les observe, attendant qu'ils s'éloignent. Malgré eux, ils lui montrent le chemin.

Elle n'a pas besoin de les voir, puisqu'elle peut se fier à son flair. Au début de sa transition, ce sens était faible, maladroit. Aujourd'hui, ça n'a plus rien à voir. Pour beaucoup de transespèces, l'odorat, l'ouïe et parfois même la vision se développent avec le temps. Des capacités humaines oubliées, ravivées par ce retour à une animalité plus instinctive.

Autrefois, les chasseurs-cueilleurs vivaient avec leur environnement ; ils étaient des prédateurs, mais aussi des proies. Ceux qui ignoraient le langage du monde ne survivaient pas longtemps. Avec l'ère moderne, les humains ont laissé ces sens s'éteindre. Mais l'odorat et l'ouïe d'Odetta dépassent à présent de loin ceux des humains. Même les deux gardes, pourtant à bonne distance, ne peuvent pas lui échapper. Elle distingue leur odeur, les bruissements de leurs bottes écrasant les feuilles mortes. Elle sourit intérieurement. Heureusement qu'ils ne recrutent pas chez les transespèces.

Au bord de la route, dissimulée sous la frondaison, elle cherche un signe, une trace. Elle le sait, Simon est là, quelque part, mais hurler serait trop risqué. Elle renifle l'air, espérant capter une odeur qui la guiderait. Rien, seulement les effluves lourds de fauves. Des prédateurs puissants enfermés dans un zoo sinistre, de ceux qu'Ange lui a décrits plus tôt. Elle entend leurs souffles bruyants, les grognements étouffés de certains, comme s'ils étaient en train de rêver.

Un vrombissement monte dans le ciel, insistant et menaçant. Elle reconnaît ces engins à leur sonorité si particulière. Elle lève la tête et aperçoit les drones qui se déploient. Leurs caméras thermiques fouillent la nuit. Elle en a utilisé lors de ses recherches. Leur autonomie est limitée - pas plus d'une heure en vol. Il lui suffit donc de tenir jusqu'à ce que la recharge s'impose.

Une idée folle lui vient en tête : si elle se cache avec l'un des fauves du zoo, la caméra thermique n'y verra que du feu, elle en est sûre. De toute façon, elle n'a plus le choix, elle doit agir vite.

Elle repère la grille du parc, haute, massive et protégée par un courant électrique. Un panneau avertit : « Danger mortel ». Elle se rapproche malgré tout, évalue le défi. Elle retire sa veste et son t-shirt, qu'elle jette sur le sommet de la grille pour isoler les barbelés. À moitié nue, elle frissonne dans la fraîcheur nocturne, mais elle n'hésite pas une seconde. Les drones s'approchent, leur vrombissement s'intensifie.

Elle agrippe la grille, pose un pied puis l'autre. Le métal grince, le bruit réveille les fauves. Un lion, immobile et majestueux, la fixe avec indifférence. Plus loin, une panthère s'agite. Elle va et vient le long du grillage. Ses yeux brillants rivés sur Odetta, elle se lèche les babines.

Odetta grimpe. Chaque mouvement est précis, concentré. Elle sait déjà que si elle parvient à entrer, elle devra tenter sa chance avec le lion. Pour l'instant, c'est lui qui semble le moins susceptible de l'attaquer.

Et puis, les lions, elle les connaît. Elle a travaillé à la réintroduction des grands prédateurs éteints à l'état sauvage, en partenariat avec une ONG au Maroc qui voulait réintroduire les lions de l'Atlas, une espèce aujourd'hui concernée au premier chef. Un fiasco, les fauves s'attaquaient aux humains et au bétail des villages isolés... Une nuit, avec l'équipe scientifique, Odetta s'était elle-même retrouvée face à l'un d'eux. La bête l'avait impressionnée, entre sa force, sa taille, ses grognements... Un membre de l'équipe, lui-même lion depuis plusieurs années, avait calmé l'animal par des échanges de regards et de rugissements. Une expérience qui l'avait profondément marquée.

Arrivée au sommet de la grille, la partie électrifiée, Odetta fait une courte pause. Ses vêtements la protègent du courant, mais les barbelés plus bas ont déjà cisaillé la peau de ses cuisses. Entrer dans la cage du fauve avec les cuisses ensanglantées ne l'enchante guère, mais elle ne voit pas d'alternative.

Elle se laisse tomber. Sa réception est parfaite, digne d'un chat, pense-t-elle. Accroupie, elle progresse sous les faisceaux lumineux des lampadaires. Devant la cage du lion, elle s'arrête. Il ne bouge pas. Que pense-t-il à cet instant ? Une visiteuse nocturne, c'est inhabituel, pourquoi pas. Mais que fera-t-il lorsqu'elle franchira la paroi vitrée ? Elle murmure doucement à son attention, comme si elle s'adressait à un gros chat :

– Mon gros pépère, je viens te voir, j'espère que tu vas m'accepter.

À peine a-t-elle grimpé par-dessus le portail vitré que le lion ouvre les yeux. Il redresse la tête, se lève lentement. Pour l'instant, rien d'anormal, il paraît juste curieux. À côté, la panthère s'agite. Ses intentions à elle sont claires. Ses feulements résonnent, terrifiants. Odetta inspire profondément, tente d'en faire abstraction. Elle ne doit pas laisser sa peur transparaître. Sinon, elle est perdue.

Ses pieds touchent le sol avec précaution ; chaque geste est mesuré pour ne pas troubler le grand félin. Ce dernier avance de quelques pas, se lèche lui aussi les babines, ses pupilles se dilatent. Son regard, devenu fixe et menaçant, ne la quitte plus. Ses oreilles se rabattent. Il s'immobilise, ses pattes plantées dans le sol. Pas de doute, il se prépare à lui sauter dessus.

Odetta n'a plus que quelques secondes, l'attaque est imminente. Elle sent la panique monter. Quelle folie de s'être réfugiée dans cette cage ! Elle se maudit en silence. Adossée à la porte, acculée, elle devine déjà la douleur des crocs et des griffes pénétrant sa chair. Le lion est prêt à se saisir de ce présent tombé du ciel.

Soudain, une idée jaillit dans son esprit. Plutôt que de se terrer ici, pourquoi ne pas libérer l'animal ? La panique désorienterait les gardiens et lui offrirait peut-être une chance de bouger sans se faire repérer et, ainsi, de s'échapper. Elle aperçoit les loquets, tout près ; deux sont à l'intérieur, deux à l'extérieur. Sa main glisse dans son dos, elle cherche à déverrouiller le portail sans quitter le lion des yeux. Elle ne doit surtout pas montrer de faiblesse ni céder à la peur.

Elle fait volte-face, ouvre d'abord l'intérieur puis saute par-dessus le portail pour libérer les loquets extérieurs. Le rugissement du lion fend l'air, Odetta est glacée, une onde lui parcourt l'échine. Le fauve bondit. Le portail cède sous son poids, s'ouvre d'un coup. Odetta se glisse à nouveau dans l'enclos et referme les loquets intérieurs – juste à temps. Frustré par l'entourloupe, le lion se rue déjà contre la vitre. Elle prie en silence pour que le verrou tienne.

Au-dessus, les drones survolent le parc. Une alarme retentit, stridente. Le lion, perturbé par le vacarme, se détourne d'Odetta et progresse à l'intérieur du parc. Dans son sillage, les autres animaux s'éveillent, grognent, feulent, rugissent. Les singes enfermés se joignent au tumulte. Le zoo tout entier n'est plus qu'une immense cacophonie.

Les drones se mettent à suivre le lion. Odetta profite de l'agitation pour s'échapper, le cœur battant à tout rompre, pour espérer retrouver Simon. Elle repasse le grillage électrifié, récupère ses vêtements et s'enfonce dans la forêt.

Derrière elle, le tumulte s'éloigne. Des véhicules débordant de gardes affluent vers l'entrée du zoo. Les agents, nerveux, attendent l'arrivée du vétérinaire et de son fusil hypodermique pour faire quoi que ce soit. Odetta sait qu'elle a encore un peu de temps devant elle.

Soudain, au milieu du brouhaha, elle entend un hurlement. Le cri d'un loup... Non, c'est une louve. Son appel résonne, empreint de tristesse et de détresse. Odetta ne comprend pas. Que fait cette louve ici, prisonnière parmi les fauves ? L'appel lui semble maintenant si familier...

Le cri vient des hauteurs du parc. Odetta retourne sur ses pas, attirée par ce hurlement. La louve crie encore, un son long, perçant, glacé. Un cri qui dirait : je suis la louve, je suis seule. Où es-tu, toi qui me rassures, toi qui partages ma vie, toi qui manques à mes chasses, à mes nuits, toi qui soignes mes blessures, où es-tu mon loup ?

Instinctivement, Odetta s'agenouille et pose ses mains sur un rocher qui domine cette vallée. Elle exècre ce mouroir d'animaux, cet enfer façonné par les humains. Elle pleure de honte, la honte d'appartenir à cette espèce qui détruit tout autour d'elle.

Mais ce soir, Odetta ressent un autre monde qui n'est plus celui-ci. Le cri de la louve réveille en elle une empathie profonde, universelle. Elle répond. Son cri s'élève, puissant, faisant taire les animaux du zoo. La louve lui répond, elles hurlent ensemble. Leur union les rend invincibles. Elles ne craignent plus les humains. Si elles tombent, d'autres viendront reprendre les terres perdues.

L'oppresseur ne le sait pas encore, mais les opprimés deviennent invincibles dès lors qu'ils n'ont plus rien à perdre. Les révoltes animales annoncent déjà sa chute.

Le silence retombe. Au loin, deux nouveaux hurlements. Ce sont eux. Ils arrivent.

Chapitre 11

Les loups

Simon avance face au loup.

L'animal se couche sur le dos, la queue basse, le dos rond, et émet un bref jet d'urine, ce geste instinctif qu'adoptent les individus subordonnés pour apaiser un dominant, éviter le conflit ; pour dire : je ne suis pas une menace.

Mais il ne quitte pas l'humain des yeux. Puis il se redresse, progresse, la queue entre les pattes, la tête baissée. Sa truffe effleure doucement la joue de Simon. Le souffle chaud glisse sur sa peau.

Le loup incline la tête, l'observe, plonge son regard dans le sien, comme pour mieux le scruter. Simon reste immobile, saisi par l'instant. Il sent, sans savoir pourquoi, qu'il a attendu cela toute sa vie. Cette rencontre le dévoile, le révèle.

Une certitude s'impose : enfin. Une chaleur profonde, presque de l'amour, brûle en lui à présent.

Le loup ouvre sa gueule avec douceur, mordille son visage, le lèche. Simon se laisse faire, il ressent, il aime. Instinctivement, il frotte sa tête contre celle de l'animal.

Tout est dit. Le pacte est scellé. Ils sont liés à la vie, à la mort.

La forêt est silencieuse autour d'eux, à part quelques créatures nocturnes, comme cette Nyctale mâle de Tengmalm qui rompt parfois le calme d'un hululement. Ce chant, pense Simon, est le souffle même du monde, celui de l'amour. Il est maintenant lié à cet univers, sensible à ce qui l'entoure, à l'écho des sentiments, à tout ce que les êtres humains ont oublié. Assis, les jambes repliées, il scrute le ciel. Il écoute le rapace qui, sans perdre son entrain, appelle sa prochaine compagne – ou cherche-t-il celle avec qui il a partagé la saison passée ?

Oui, c'est l'amour qui fait tourner le monde. Mais qu'en est-il des humains ? Que deviendra leur univers gouverné par le pouvoir, la domination, les cris des plus forts ? Ils ont perdu cette guerre contre les Autres, ce conflit qui n'a jamais été nommé. Un massacre de masse silencieux où les victimes n'ont jamais eu droit à la parole. Individu par individu, les espèces se sont éteintes, dans l'indifférence totale.

La « révolte animale » décrite par les journalistes... Encore une vision anthropomorphiste. Les non-humains ne se coordonnent pas ; ils n'en ont pas besoin. Ce sont juste des millions d'espèces qui, les unes après les autres, prennent conscience qu'un certain adversaire est devenu nuisible ; et que pour survivre, ils vont devoir se battre contre elle. Un unique instinct de survie, qui depuis toujours construit le monde vivant, tandis que les humains ne voient qu'eux-mêmes, aveuglés par l'hubris, inconscients de la mort qu'ils font régner.

Mais dès lors que les animaux non humains réagissent, leur funeste sort n'est plus une fatalité.

Simon sait maintenant dans quel camp il se trouve.

Il regarde le vieux loup et lit la tristesse dans ses yeux. Il comprend le manque qu'il y perçoit. La louve, celle qu'il a entendue avec Ange dans la forêt, n'est pas morte. Simon le sait. Après avoir été neutralisée par l'équipe du préfet, elle se trouve dans le parc, enfermée dans une cage. Et le vieux loup la cherche, celle qui a partagé ses années.

Un appel à l'aide résonne en formant un écho. Le chant de la louve traverse la forêt. Le loup s'apprête à lui répondre, quand un autre hurlement l'interrompt. Simon le reconnaît. C'est Odetta. Et tout de suite après, le grondement sourd des moteurs, les cris étouffés des ordres donnés à la radio, les pas mesurés des humains qui avancent en formation. La traque a commencé.

Il croise le regard du vieux loup. Ils doivent d'abord retrouver Odetta, puis libérer la louve. Ils s'élancent à travers la forêt, guidés par les précédents hurlements d'Odetta. Son odeur flotte dans l'air, comme un fil invisible qui les emmène jusqu'à elle.

Ils rejoignent très rapidement la route en contrebas, tandis qu'une escouade armée se déploie dans la forêt. Certains avancent vers le couvert des arbres, d'autres pénètrent dans le zoo.

Simon observe la scène, son cœur bat fort. Il se rend compte qu'il voit de mieux en mieux dans l'obscurité. Il perçoit les sons comme s'ils étaient amplifiés, les odeurs lui parviennent de sources pourtant lointaines. Il entend les murmures à distance : chaque mot des gardes lui parvient avec une netteté troublante. Cette acuité nouvelle lui donne l'impression d'appartenir au monde d'une manière qu'il ne pensait pas envisageable. Vivant parmi les vivants, pour la première fois de son existence.

À l'intérieur du parc, visible depuis leur poste d'observation, un lion encerclé se cabre dans la poussière. Une femme s'approche, fusil hypodermique à la main. Le fauve recule, rugit. Même de là où ils sont, Simon et le loup perçoivent la tension. Le lion tourne sur lui-même, cherche une issue. Ses rugissements font reculer les gardes. Puis, brusquement, il charge. Deux hommes sont projetés au sol sous la puissance de ses pattes. Dans la confusion, la vétérinaire lève son fusil. Un coup part... Mais ce n'est pas le lion qu'elle atteint. Un garde s'effondre, foudroyé par la dose de sédatif. La scène, déjà violente, vire à la panique. Dans la confusion, Simon et le loup s'enfoncent entre les pins, le souffle court, les muscles tendus.

Le vieux mâle s'arrête brusquement, colle sa truffe contre un tronc, frôle un buisson, puis s'allonge en fixant Simon avec insistance.

Odetta est là, derrière les feuillages. Une seconde plus tard, elle surgit et se jette sur Simon pour l'enlacer, frotte sa tête contre la sienne avec une force animale. Il tombe, rit, la serre à son tour. Ils s'ébattent comme deux louveteaux, ivres de la joie de se retrouver.

Après quelques longues minutes de ces retrouvailles émouvantes, ils se redressent enfin, s'observent un instant dans la pénombre. Le loup les pousse du museau. Il faut libérer sa louve.

D'un seul mouvement, ils s'élancent. Ils glissent entre les troncs, s'enfonçant dans l'obscurité. L'air est chargé de tensions. Chaque bruissement de feuille, chaque craquement de branche résonne dans l'immensité de la forêt.

Ils courent, portés par l'urgence.

Après quelques centaines de mètres de course, ils la voient soudain : elle est là, enfermée derrière des grillages, dans un enclos minuscule. Elle tourne en rond, rase la clôture, pousse des plaintes rauques.

En contrebas, les rugissements du lion couvrent encore par moments le vacarme du zoo. Les gardes peinent à le maîtriser. Le chaos est total entre les cris, les coups, les hurlements de douleur des gardes blessés.

Malgré la confusion, libérer la louve ne sera pas tâche facile. Son enclos est solidement protégé, fermé par un portail aussi massif que celui du lion, et le grillage électrifié leur barre la route. Trop de gardes, trop de dangers...

Odetta échange un regard avec Simon. Elle va aller voir de plus près, vérifier si le lion accapare suffisamment l'attention pour qu'ils puissent tenter le coup. Dissimulée dans l'obscurité, à bonne distance des agents, elle se glisse tout près d'eux – la scène est digne d'un péplum où gladiateurs et animaux sauvages rivaliseraient dans la sueur et le sang. Elle peut maintenant apercevoir les corps étendus à terre, certains immobiles, d'autres remuant à peine, émettant des râles étouffés. La femme au fusil hypodermique gît au sol, inerte. Endormie ou morte, en tout cas, son visage est paisible.

L'odeur du sang flotte dans l'air. Le zoo n'est plus un lieu de divertissement pour humains, c'est un champ de bataille.

Une image revient à l'esprit de Simon. Comme un coup de feu à Sarajevo. Un geste, un instant, et tout s'effondre. Le conflit à venir commence ici. Les humains contre le reste du vivant. Ils viendront avec leurs armes, leurs machines, leurs certitudes. Mais si tout se déroule comme la bataille devant les yeux de Simon, ils tomberont vite.

Odetta retrouve Simon et le vieux loup et leur fait signe que la voie est libre. Son cœur se serre dès qu'elle croise son regard ; ils se sont à peine séparés, et elle a déjà l'impression qu'une éternité s'est écoulée. Elle lit dans ses yeux qu'il ressent la même chose. Ils voudraient encore se prendre dans les bras, s'accrocher l'un à l'autre, sentir l'odeur familière de leur peau, mais ce sera pour plus tard.

Le loup tente à présent d'arracher le grillage extérieur. Il grogne, mord, s'acharne. Sa truffe saigne. Dans son enclos, la louve fait de même. Ils y mettent toute leur force, mais le métal ne cède pas.

Odetta a expliqué à Simon comment elle a franchi l'enceinte sans se faire repérer par les drones. Mais entrer ne suffit pas, il faut aussi faire sauter l'ouverture de cet enclos... Elle regarde la louve enfermée, son souffle court, ses yeux fous d'impatience. Elle imagine ce qu'elle ressent, le poids de l'attente, l'instinct qui hurle de fuir. Ce n'est pas seulement une évasion, c'est une libération. Un retour à la vie.

Dès que la diversion commencera, ils passeront à l'action. Pendant que Simon libérera la louve, elle l'attendra avec le vieux loup près de l'entrée, tapis tous deux dans l'ombre des arbres.

Elle s'approche de lui, effleure sa joue de ses lèvres, le mordille doucement. Son odeur la bouleverse. Elle s'imagine déjà vivant dans la forêt, libres ensemble, survivant de peu, de presque rien. Ils se suffiront de ce que la forêt leur offrira.

Elle jappe en direction du loup. Il comprend, hésite un instant avant de la suivre. Il pousse un long hurlement vers la louve, une plainte déchirante. Odetta jette un dernier regard à Simon. Non, pas le dernier. Ce n'est pas la fin. L'inquiétude la ronge. Maintenant qu'ils se sont trouvés, elle refuse de le perdre.

Simon ôte ses vêtements, les jette sur le grillage électrifié. Il s'arrête un instant, croyant qu'Odetta l'observe, mais elle est déjà loin ; déjà, les deux silhouettes s'effacent dans la nuit.

Simon grimpe lentement. Les barbelés déchirent sa peau. Il cherche un appui, cale son pied contre le poteau, mais l'humidité le trahit. Il glisse, perd sa prise. À quatre mètres du sol, la chute serait brutale. Il ne tient plus qu'à une main. Ses muscles tremblent, prêts à lâcher. Mais au-dessus du vide, une force inattendue le propulse. Il bascule l'autre main, agrippe le grillage, hisse une jambe puis l'autre. Il s'arrête un instant, suspendu à un poteau en acier, reprend son souffle.

En contrebas, la louve tourne en rond, fébrile. Son ombre glisse sur la vitre de son enclos. Elle gratte, cherche une issue. Il croise son regard, aboie doucement pour la rassurer. Bientôt. Il reprend son ascension, atteint le sommet et se hisse de l'autre côté. De là-haut, il peut voir la lutte qui fait toujours rage avec le lion. L'animal tourne, feint, attaque, recule aussitôt. Aucun humain ne peut l'approcher. Moins bon signe, il aperçoit au loin de nombreuses lumières bleues, des gyrophares très certainement. Ils semblent arriver en grand nombre, la lumière éclairant par scintillements tout le flanc de la montagne. Il va falloir faire vite avant qu'ils n'arrivent.

Simon saute à l'intérieur du zoo. Il s'approche avec prudence de la porte de l'enclos ; verrouillée. Une chaîne épaisse cadenasse le battant. Il serre les dents, contourne l'entrée, grimpe le grillage contigu. Ses doigts glissent sur le métal, son souffle s'accélère. Il bascule finalement de l'autre côté, où il atterrit avec souplesse.

À peine ses pieds touchent le sol que la louve se jette sur lui. Elle le renifle, lui lèche le visage, le pousse du museau. Son corps frémit d'excitation. Elle le sait : il est venu pour elle. Pour la libérer.

Mais comment ouvrir cette maudite porte, trop haute pour passer par-dessus ? Une idée lui traverse l'esprit. Une pierre, une grosse pierre pourrait lui permettre de fracasser la vitre. Le verre semble solide, mais à force de répétition, la roche aurait raison d'elle.

Il repère un bloc massif dans l'enclos. Trop lourd. Il en trouve un autre, plus maniable, tente de le soulever, mais ses doigts glissent et la pierre chute près de ses pieds. Il doit se calmer, réfléchir. Il souffle, ferme les yeux un instant, reprend la pierre et la lance de toutes ses forces.

Elle rebondit contre la vitre et retombe dans un bruit sourd. Il recommence, encore et encore. Ses bras tremblent sous l'effort, chaque impact de la pierre qui retombe fait vibrer le sol.

Au début, il ne se passe rien. Puis une fissure, fine, qui s'élargit en étoile à chaque nouveau coup. La louve bondit, pose ses pattes contre la paroi. Elle halète, impatiente.

Simon frappe du pied sur la grande vitre, encore, toujours plus fort. Et, enfin, la vitre cède d'un coup sec. Le verre éclate en centaines de petits morceaux sous ses talons.

La louve s'avance prudemment, lève la tête vers lui, le renifle, pousse un souffle court. Ils sortent en silence, avancent entre les débris. Chaque pas fait craquer le verre brisé. Ils s'engagent sur le chemin qui mène vers la sortie.

Un coup de feu retentit dans la nuit, suivi d'un silence brutal. La louve sursaute, fait demi-tour. Simon tend la main vers elle, tente de la rassurer, mais elle recule encore. Son corps est tendu. Il hésite. Vaut-il mieux forcer la louve à avancer ou attendre ?

Il décide d'aller jeter un coup d'œil à ce qui se passe. Il avance lentement. La louve le suit, méfiante, s'arrêtant au moindre bruit.

Les gardes tirent maintenant à balles réelles sur le lion. L'animal rugit, blessé, il se cabre et frappe l'air de ses griffes. Son souffle est rauque, profond. Il vacille, mais tient encore debout. Un garde recharge. Il faut partir, maintenant. Plus tard, ce sera impossible. Simon appelle la louve, qui obéit sans tarder.

Ils longent les grilles, progressant dans l'ombre. La grande porte est proche. Tous les gardes semblent occupés, c'est le moment. Mais soudain, un hurlement retentit, long, puissant, viscéral. Le vieux loup.

La louve se fige. Ce cri, elle ne l'a entendu qu'une seule fois : quand les Hommes sont venus assassiner ses petits. Ce hurlement ne résonne jamais sans raison. Mais Simon ne connaît pas encore ces mots lupins. Il continue d'avancer pour passer la grande porte, lorsqu'il voit de nombreux véhicules arriver dans leur direction.

Simon croit que la louve le suit encore, mais ce n'est plus le cas. Elle est restée tapie derrière la barrière extérieure, tremblante. Elle sent, elle sait que tout va basculer.

Un coup de feu claque. Simon sursaute, se retourne par réflexe. De là où il est, légèrement en hauteur, il aperçoit encore la silhouette du lion dans l'axe dégagé entre deux enclos. Le fauve s'effondre. Il voit l'impact net sur son front, la lumière s'éteindre dans ses yeux. À cet instant, une pluie de phares éclaire brutalement l'allée. Les véhicules déboulent et s'arrêtent dans un crissement, juste devant lui sur l'esplanade bétonnée.

Simon est figé, à découvert. Aveuglé.

Il distingue à peine les formes derrière les faisceaux. Odetta, immobile, les yeux perdus dans la lumière. Et plus loin encore, à l'orée de la forêt, le vieux loup. Inquiet, ce dernier tourne en rond. Puis, soudain, il bondit, se faufile entre les jambes des gardes et disparaît dans l'ombre du zoo. Simon suit du regard son mouvement, fasciné par son audace ou son inconscience. Rien n'existe pour le loup, sauf elle.

Il la retrouve, enfin. Mais au lieu de se frotter à elle, de la rassurer, il se dresse dos à elle, faisant rempart de son corps. La louve comprend. Elle le rejoint, se colle à son flanc. Ensemble, ils avancent. Ils sortiront, quoi qu'il en coûte.

Un homme sort de l'un des véhicules. Simon reconnaît Hector Du Vauvier. Le préfet s'avance lentement. Il sourit, un pli ironique au coin des lèvres.

– Monsieur Verde ! Que faites-vous là ? Vous êtes venu chasser le loup pour nous ?

Il marque une pause. Son regard glisse sur les loups, puis sur Simon.

– J'avais compris votre fascination pour ces bêtes, mais à ce point ? (Sa voix se durcit.) J'ai donné l'ordre d'en finir. On a assez perdu de temps avec ce maudit lion. Dès que les deux loups sortent, tirez, ajoute-t-il à l'attention de ses subordonnés.

Il se tourne vers Simon. Son ton se fait presque complice.

– Monsieur Verde, venez regarder le spectacle depuis mon véhicule. Vous serez mieux placé.

Simon ne bouge pas, comme s'il ne comprenait pas. À quelques mètres devant lui, les deux loups avancent lentement. Ils viennent de franchir la dernière barrière de sécurité, entre l'enceinte intérieure et l'esplanade, là où les véhicules se sont arrêtés.

Odetta tente de s'approcher, mais les gardes la repoussent violemment. Devant lui, les loups avancent, lents, dignes, sans montrer le moindre frémissement ou quelque signe de peur. Savent-ils seulement ce qui les attend ?

L'ordre d'écarter l'homme de la porte grésille à la radio. Un garde s'exécute et attrape Simon par le bras, qui ne résiste pas. Il est ailleurs. Son corps tremble. Ce n'est pas la peur. C'est trop. Il perd pied, ne sachant plus où mettre ce déferlement de sensations.

Les loups approchent de la sortie. Le préfet, à l'abri derrière le pare-brise de sa voiture, donne l'ordre final.

– Feu dès qu'ils franchissent la porte.

Les gardes tremblent. Certains ont vu leurs collègues s'effondrer sous les griffes du lion. Ils ont fui avant de revenir avec les renforts. Ceux qui sont restés n'ont rien oublié. Ils serrent leur arme, doigts crispés sur la crosse.

Le couple lupin a franchi la grande porte. Ils s'arrêtent sur l'asphalte. Face à eux, la mort.

Simon revient brusquement à lui. Il voit les fusils pointés, la peur des humains, la dignité des bêtes. Il se dégage de la poigne du garde et court. L'instant d'après, il se jette devant les loups.

Les détonations éclatent. Simon s'effondre.

Les loups ont disparu.

Odetta hurle. Elle se libère d'un coup et se précipite vers Simon. Il ne bouge plus.

La guerre a commencé.

Épilogue

Le vent porte l'odeur de la pluie, du bois détrempé, du silence revenu. Plus de fumée, plus de cris, plus d'ombres dressées contre le ciel. Le monde s'est vidé de ceux qui l'avaient pris. Seuls restent la terre, les racines profondes, les appels des bêtes.

Ils avancent, flanc contre flanc, leurs souffles mêlés dans l'air froid du matin. La forêt est à eux, à nouveau. Pourtant, quelque chose manque.

Elle marche à leurs côtés, silencieuse. Son pas est léger, mais son ombre est lourde. Elle ne parle plus, ne chante plus. Il fut un temps, pourtant, où elle croyait pouvoir le faire. Elle écoute chaque bruissement de feuille, chaque craquement de branche, comme si une voix pouvait renaître dans l'écho du vent.

Elle lève les yeux vers le ciel vide. Il n'est plus là. Seuls restent les loups, la forêt et le souvenir de ce qui fut.

Ils s'arrêtent. Le vent tourne. Une odeur familière flotte, presque effacée, presque perdue. Un instant, ils croient l'entendre encore. Puis la brume l'emporte. Alors, sans un bruit, tous les trois reprennent leur marche et disparaissent dans l'ombre des arbres.

Remerciements

Je dédie ce livre à ma mère, elle qui m'a appris à aimer les mots justes, les phrases précises, les concepts vertigineux et surtout les belles histoires.

À sa sœur Françoise, qui a depuis pris le relais avec exigence et bienveillance. Son regard, toujours juste, me pousse à me dépasser pour ne pas la décevoir.

Merci à Justine, pour son incroyable générosité, sa présence à la fois rassurante et intensément émotionnelle.

Je remercie tout particulièrement celles et ceux qui m'ont accueilli, accompagné, et qui ont partagé l'histoire de ce livre.

Alice, la louve narbonnaise, qui arpente la Clape comme personne ; merci de m'avoir guidé au cœur du territoire lupin.

Ma famille : Barbara, Pascal, Stéphane, celles et ceux qui partagent leur vie, mes cousines, mon cousin, mes neveux et nièces, et Louise, qui me redonnent espoir en la jeunesse.

Mes amis PJ et Bruno, qui m'ancrent toujours à ma chère Bretagne et à mes racines rennaises.

Clémentine et Xavier, pour leur accueil inimitable en terres ajacciennes.

Olivier, le renard (oui, il existe vraiment), pour son intelligence à toute épreuve.

Léo, chasseur des invisibles, pour ses remarques, ses réflexions deleuziennes et son soutien sans faille.

Mathilde, pour ses conseils avisés et son hospitalité parisienne inoubliable.

Hugues, le loup de mer, la pendille toujours prête à céder pour d'autres horizons.

Les petits loups, pour nos échanges enflammés sur la place du vivant.

Agnès et sa famille.

Claude, le berger archéologue, pour ses récits lupins depuis l'autre versant.

Irène, pour sa confiance originelle.

Merci à mon éditrice, Olivia, pour son pari éditorial : sans elle, ce livre serait certainement resté à l'état de projet.

Merci à Alix, qui a pris le relais avec justesse et engagement, qui a su accompagner ce projet jusqu'à son aboutissement.

À Laura, ma correctrice, pour son travail remarquable.

À Fabienne, pour cette préface, profondément connectée aux vivants, portée par une curiosité magnifique, sincère et toujours sensible.

À Manon, ma libraire préférée, qui connaît ce livre depuis ses tout débuts, avec l'espoir qu'il survive à ses attentes.

Au Télégraphe et à ses capitaines, lieu et personnages profondément inspirants.

À Simon, talentueux illustrateur de cette couverture.

Et, évidemment, merci aux individus non humains, loups, pieuvres, poissons, goélands, cormorans, chats, chiens qui m'ont inspiré, enchanté, inquiété, ému, émerveillé.

Ces remerciements sont écrits en toute fin de parcours, dans l'urgence du bouclage. Qu'il me soit pardonné d'avoir, peut-être, oublié certaines personnes qui ont compté, d'une manière ou d'une autre.

Table des matières

TANA S'ENGAGE
pour préserver l'environnement

- ◇ Impression en France sous le label PEFC
- ◇ Papier issu de forêts gérées durablement
- ◇ Fabrication en circuit court
- ◇ Encres certifiées d'origine végétale
- ◇ Papier blanchi sans chlore ni dérivé de chlore
- ◇ Pelliculage des couvertures sans plastique

Retrouvez notre actualité et l'intégralité
de notre catalogue sur notre site
www.tana.fr
et rejoignez-nous sur les réseaux sociaux

@tanaeditions

Tana Editions

Achevé d'imprimer en août 2025
par Normandie Roto Impression s.a.s.
N° d'impression : 2503079

#lisez! engagé
www.lisez.com
Pour plus d'information :
Imprimé sur du papier issu de forêts gérées durablement.